花嫁

青山七恵

幻冬舎

花嫁

イラストレーション　前田ひさえ

ブックデザイン　鈴木成一デザイン室

目次

大福御殿

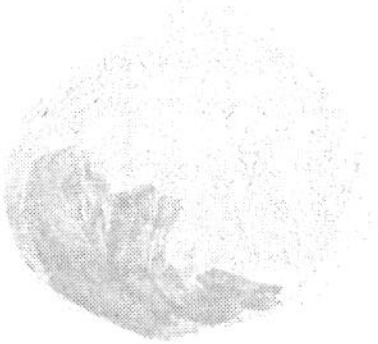

うちの兄さんが今度、お嫁さんをもらう。

人にたいしてもらうというのもつくづくおかしな言い方だけど、お嫁さんはもらうというのがいちばんしっくりくる。プレゼントみたいに賞状みたいにお薬みたいに、男の人はお嫁さんをもらう。あたしは彼らがうらやましい。女のあたしはお嫁さんをもらえない、お嫁さんになるほうだ。きっとあと何年かしたら、誰かのお嫁さんになってもらわれていくのだ。それはあんまりいい気はしない。あたしは誰にももらわれたくない。人はもらったりもらわれたりするものじゃない。でも来年の誕生日、白いほわほわの布で包まれた優しくてかわいいお嫁さんを誰かが用意してくれたなら、あたしは狂喜乱舞して、二十一歳の一年間を世界中に無視されたっておおかたがまんできるだろう。

ところがうちの兄さんは、誕生日でもないくせに、今度お嫁さんをもらうと言う。

気に入らない。やめてもらいたい。あたしは兄さんの結婚には反対。

でもわかってる、あたしの意見なんて誰も聞かないんだから、それに言ってみたって、結婚のさしさわりにはたぶんならないんだから。妹が反対するから結婚をやめるなんて聞いたことがない。あたしは、楽しくて無駄なことは大好きだ。でも、つまらなくて無駄なことはしたくない。たんすの裏の掃除とか、デートで釣り堀に行くのとか。

それにしても、兄さんのお嫁さんになる人は、いったいどんな人なんだろう。あの人と一生共に過ごす覚悟を決めるなんて、気がしれない。だってうちの兄さんはときどきへんなにおいをさせているし、歯磨きはあんまりしないし、お風呂をさぼる。それなのにすごく自意識過剰なところもあって、天然パーマの髪の毛がいい具合にふわっと色白の童顔にかぶさるよう、毎朝二十分は洗面所を独占してる。その甲斐あって、会社の人からは繊細で純朴な若松君として勝手にかわいがられてるみたいだけど、兄さんという人は、実のところは見栄っぱりで臆病な人間なのだ。性欲だって人一倍強いのだ。

ただ兄さんは、自分がロマンチックで気の優しい女の心をひっぱる顔と性格だっていうことを、昔からよくわかってる。兄さんにとって、そういう女の人に愛されることはたやすい。残念ながら、あたしはそういう種類の女じゃない。

でもそんなあたしが兄さんを愛しているのも本当だ。

まだ、お嫁さんになる人には会ってない。おそらくパパもママも会ってない。

おそらく、というのは、なんだかこの結婚に関して、あたしは一人だけ蚊帳《かや》の外にいるようなさびしい感じを味わっているから。そもそも兄さんが交際相手をうちに連れてこないなんて、初めてのことなのだ。でももしかしたら、あたしに内緒にしているだけで、パパとママは共謀してすごく有能な素行調査員をやとって、その人のことをもうみっちり知りつくしているのかもしれない。もしくはその人のほうでも、ふつうのお客さんにまじってこっそりお店にお菓子を買いにきて、あたしたちをばっちり観察していたかもしれない。

お店というのは、うちのパパが開いたお店。

パパは和菓子職人をしている。パパのパパは銀行員で、パパのママは書道教師だったけど、パパはお金の相談に乗ることも文字をきれいに書くことにも興味が持てなかったらしい。そのかわり、甘いものが大好きだった。小さいころの写真を見たことがあるけれど、パパはひどいでぶだった。でも、悲惨なでぶじゃない。小さいパパは、家族の愛情とタルトやパイやチョコレートの過剰摂取で、ふくらむべくしてふくらんだ肥満児だった。とにかくパパの生きる喜びはお菓子だった。スーパーのラムネも高級洋菓子屋のマロングラッセもすべて等しくパパの心をとらえて、パパの体の一部になった。

そういうわけで、物心ついて以来、パパはケーキ職人になることを夢見てきたそうだ。おじいちゃんの命令で、わざわざ四年制の大学の経済学部を卒業してから洋菓子の学校に入ったのに、マダムの先生にいじめられたのか、バターのにおいをかぎすぎて胸やけしたのか、ボウルを抱える腕の筋肉が発達しすぎて女の子を抱きしめるときに何か支障が出るようになったのか、パパはあるときぱったり、自分は洋菓子を愛しているが、作るほうではないということに気づいたんだと言う。それからは和菓子の道を極めることにしたそうだ。どうしてお菓子の世界からそっくり身をひかなかったの、どうして中華菓子とかフルーツカービングとかじゃなくて和菓子だったの。パパに聞くと、

「悩んでいたとき、あるお店の豆大福を食べたんだ。四国の山奥にある、知る人ぞ知る和菓子屋のな。一年にたった一日、たった十個しか作られないすごい大福だ。その味がパパを変えた。パパの人生はその日に決まった」

とのこと。あたしはこの話はおおむね、でたらめだという気がする。娘の直感。そのころのパパの写真が、小さいころと打ってかわってがりがりにやせているのもへん。でもパパが本当のことを言いたくないならいいのだ。あたしはその作り話を信じる。

パパの和菓子はすごくおいしい。あたしがこの世に存在していなかったあいだも、生まれてそのへんをよちよち歩いてるあいだも、パパはすごく努力した。そして運も持っていた。それから、ママみたいな美人で賢い奥さんも。あたしたちはお店から駅二つぶん離れたアパートの一室に縮こまって暮らしていたけど、あたしが小学校にあがった年に、パパは烏山《からすやま》にあるお店の隣の土地を買い

とって、そこに立派な家を建ててくれた。そのころパパの作る大福がたまたまテレビに取りあげられて、それがきっかけで、お店は爆発的に繁盛しだしていたのだ（ちなみにパパの大福はトレンディードラマのなかで使われた。主人公のサラリーマンが、毎日おやつにうちの大福を食べるという設定だった。ヒロインと出会うのも、うちの店先で大福をほおばっているときだった。パパはちょっとだけテレビに映って演技していた）。

あたしたちの家は、おそらくたぶんの皮肉を込めて、大福御殿と呼ばれた。言いだしたのは、隣の豆腐屋の奥さんだ。その名前はあっというまに近隣に広まった。そのせいで、あたしは転入先の小学校で、「大福御殿!! 大福御殿!!」と連呼されて、ばかな男の子たちから土まんじゅうを投げられながら帰ってきたこともある。あたしは涙をこらえて台所に駆けこむと、おやつにとってあった本物の大福を五、六個つかんで、まだ家の外ではやしたてていたその子たちにくれてやった。店のお手伝いの弓子さんはそれを見て何か思うところがあったのか、お土産用の大福を一人につきさらに四つずつ持たせてやった。うちの大福は、悪がきどもを黙らせて手なずけるのにもじゅうぶんなほどおいしい。ほんとは投げつけたかったけど、パパの作った大福を投げるなんて、自分のおっぱいをもいで投げるよりつらいだろう。

大福御殿。あたしはその名前を気に入っている。あたしたちの家は実際大福のようにやわらかで甘くて、この世のどこよりも心がやすまる家なのだ。

パパのお店には今でもテレビや雑誌の取材が来るし、気のきいたお土産バイブルみたいな雑誌にも載っている。老舗《しにせ》の有名なお菓子屋さんの次の次のページに、パパのお店と笑顔が堂々と載っているのは、あたしも嬉しい。特に、パパの人生を変えたという、あの四国の大福をまねた特製の豆大福が評判みたいだけど、あたしがいちばん好きなのは、イチゴ大福。春にしか食べられない。その季節は毎日朝晩ひとつずつ食べる。お店の売れ残りじゃない、パパはあたしのために、毎日二つずつ余計に作ってくれるのだ。あたしの大福好きはご近所や親戚のなかでも有名だった。小さいころ、今日も麻紀ちゃんは大福みたいな顔をしているというのが、周りの大人が久々に会うときの、天気の話題が萎《な》えたあとの決まり文句だった。大好きな大福に似てるなんて、それも皆ににこ笑って言うから、あたしはそれをすごい褒め言葉だと思っていた。今でもどちらかと言えば、そう思ってる。ただ、それ以外の意図（皮肉はもちろん、特に、なんとなくインビな感じ）も、ふくまれている気はする。

兄さんは目下、丸の内のお菓子メーカーで働いている。それでときどき、新製品のチョコレートやクッキーを持って帰ってきてくれるけど、兄さんはそういう自社製品を無造作にソファの上とか玄関の靴入れの上に置きっぱなしにする。でも、それはポーズ。兄さんがわざと置きっぱなしにしたお菓子を、あたしは食卓に連れていって、皿の上にきれいに並べ、夕食のあと家族みんなでわいわい食べる。兄さんは、開発者たちの苦労や、試食会を何度も重ねたことや、銀座の広告ボードをめぐっての広告代理店とのかけひきを語る。だけど兄さんの所属部署は総務の人事課だ。

そんな兄さんも、いつかはパパのお店を継ぐ気持ちでいるらしい。どちらかと言えば、あたしのほうがずっと手先が器用だし、経済観念もしっかりしているし、愛想もいいと思う。小さいころから、職人さんたちの手つきやママとお客さんとのやりとりを、張りこみの刑事ばりによく見てきた。きっとうまくやれるだろうという自信も、ちょっとある。でもパパとママは、あたしにはこのまま平穏に大学を卒業し、ふつうに就職して、ふつうにどこかのいい人のところへお嫁に行ってほしいみたいだ。あたし自身は、そういう将来に不満はない。小さいころは、パパのお店を継ぐよりほかに、道はないと思ってたけど。

道なんて最初からなかったんだって思いしったのは、十四歳のときだった。

高校受験のための勉強が佳境に入る前、今後二十年の生涯設計図を書いてきなさいという宿題が出た。十四歳の女の子に、その先二十年の予定を立てろなんて、残酷な宿題だ。でもあたしは迷わなかった。一年後、高校入学。その三年後、大学入学。その四年後、和菓子屋を継ぐ。別に大学なんか行かなくてよかったけど、パパがそうだったみたいに、それが若松家のひとつの正統なコースだと思ったのだ。

それから間もない三者面談のとき、「手に職をつけるということはすばらしいことですね」と、にこにこしている若い女教師の前で、ママは居心地悪そうにうつむいていた。お店でお客さんと話しているときとは大ちがい。

「これからは、女性もしっかり自立することが大事ですから。若松さんには、そのための環境がありますす。恵まれていますね。わたくしも、若松さんのところのお菓子が大好きなんですよ。特にきんつば。いつも、実家に帰るときはお土産にしてるんです。若松さん、大学までしっかり勉強して、がんばってお店を継いでくださいね。先生、足が立つ限り一生買いにいきますから」

しがない中学校教師に和菓子屋の女主人（あたしはもう、そうなったつもりでいたのだ）である自分が「がんばれ」と言われる筋合いもないと思ったけれど、あたしは「ハイッ」と元気よく返事した。

その晩みんなでご飯を食べてるとき、ママが言った。

「ねえ、麻紀は、将来パパみたいになりたいの？」

「パパみたいって？」

「つまり、お菓子を作って……」

「そうだよ、あたし、パパにならってお店継ぎたいの。だめ？」

ハッハッハッ、とパパは笑った。

「麻紀麻紀、だめだよそりゃあ。麻紀はがんばって勉強して、自分の好きなことをやりなさい」

ハッハッハッ、とみんな笑った。

それで終わり。

なんだかそれだけで、あたしには、パパのあとを継ぐっていう選択肢はないんだと、あっさりあきらめがついた。

くやしかった。でも怒るほどでもなかった。あともひかなかった。ただ、隣でなんでもない顔をしてご飯を食べてる兄さんには、その選択肢があるんだってことはわかった。それは別に、くやしくなかった。当然と言えば当然だ。気づかなかった自分がばかだって、恥ずかしくなっただけだ。

あたしは次の日、進物用のきんつば十六個入りの箱を持たされて登校した。


とりあえず和菓子屋は継げないということがわかったから、あたしはパパのアドヴァイスどおり勉強をがんばって、都心にあるちょっと有名な私立の女子校を受験して、そこで茶道部に入ったり、ちゃらちゃらした大学生と付きあってみたり、髪にパーマをあててみたり、マックシェイクをすったり、楽しく過ごさせてもらった。そのあいだもパパはおいしい和菓子を作ってて、ママは店番をして、兄さんは大学の国際なんとか学部で勉強していた。

高校三年生になると、あたしはそれまでの自堕落な生活習慣を清算して、再び受験勉強に精を出した。あたしはもともと、地に足ついた堅物なのだ。

冬の終わり、兄さんの大学より偏差値の高い大学から合格通知が届いたときには、みんなすごい喜びようだったな。パパはお店を特別に一週間閉めて、家族四人でのフランス旅行に連れていってくれたし。自分の頭の中身は兄さんより優秀だってみんなに証明できた気がして、あたしはこっそり嬉しかったけど、パパもママもそんなことにはまったく気づいてないみたいで、やれマカロンだ、やれ野ウサギのローストだ、やれ弓子さんと弟子たちへのお土産だって、寝るとき以外はいつだって何かに夢中で、子どもみたいにはしゃいでいた。そんなの別にくやしくなかったけど、ちょっと物足りないような気がしたのを、大人になったあたしは認めざるをえない。でも、気を取り直した。中学校時代に独学で勉強していたフランス語の成果をあたしはみんなの前でおおいに発揮して、おおいにみんなの役に立ち、しつこいくらいの称賛の言葉を得た。おいしいものを次から次へと食べあるいた。パパは春の新作のインスピレーションもたくさんもらったみたいで、あたしはエルメスのお財布を免税店で買ってもらったりして、楽しい旅行だった。日本に帰るのが悲しかった。そのままみんなでパリに住みたかった。あたしは半分本気で、「パパの和菓子は、トレ・ボンで、トレ・ボーだから、フランスの人たちにきっと受けると思う。だから、みんなでこっちで暮らそうよ」と提案したけれど、パパもママもしぶい顔をして、「パパたちはフランス語がわからないから、ダメだ」と身もふたもない理由で却下されてしまった。あたしは仕方なく、「じゃあ、住まなくていいから、またみんなで来ようね」と言った。

友だちにお土産のチョコレートを配るとき、あたしたちの旅行がどんなに楽しかったかしゃべっていると、ええっ、今さら家族旅行なんて死んでもイヤ、みたいに言う子が多くてびっくりする。うちの家族は、他の家族と比べて仲がいいみたいだ。どうしてそうなのって聞かれるけど、理由はわからない。マキの家は異常、って言われるけどあたしにとっては当然のことなんだから。だって、家族のなかにいやな人が一人もいなかったら、一緒にいたら勝手に楽しくなるんじゃないの、って思う。

なめらかでどっしりしたこし餡《あん》と、どこまでも伸びるやわらかくて純白のお餅にくるまれた大事なイチゴみたいに、あたしたち家族は、居心地のいい家で、たがいがたがいを思いやって、仲良く暮らしている。

それにかぶりつこうとする人は、ばかをみる。

それなのに、兄さんはあたしたちの完璧なカルテットに、もう一人若い女の人を加えようとしている。もしくは、あたしたちをトリオにしようとしている。

とんでもないことだ。唾棄すべきことだ。

理由は、もっともな理由から、くだらない理由、いろいろ。第一に、兄さんは若い。まだ二十五歳になったばっかりなのに。奥さんを養えるほどの余裕もないし、人間的な器もない。別に今すぐ結婚しなくたっていいと思う。それに、まだ将来の見通しもろくにたっていないんだから。いつ会社を辞めて和菓子屋さんを継ぐかってこともあいまいだ。

それより何より心配なのが、お嫁さんがどういう人なのか、ちゃんと教えてくれないところ。はっきり言って、あたしはこの結婚話を聞いた瞬間、うさんくさいと思った。だって、今まで付きあった女の子たちは必ずうちに連れてきた兄さんなのに、まだ家族の誰にも紹介もしないうちにいきなり結婚を決めちゃうなんて、なんだかおかしいと思うのだ。

赤ちゃんができたんじゃないかと、兄さんがいないところでママにこっそり聞いてみたことがある。そういうわけでもないみたいだった。ママも、どうしてそんなに急ぐのかしらと首をかしげてた。でも決して、いやそうではなかった。自分ががんばって育てた子を誰かの娘がぜひともだんなさんにしたいって言ってるのって、やっぱり嬉しいことなんだろうか。

結婚したら、兄さんはきっとこの大福御殿から出ていく。

その新しい人と、どこかの手ごろな賃貸マンションかなんかで暮らすんだろう。おめでたいことだけど、あたしはちっとも嬉しくない。兄さんには家にいてほしい。そしてあたしをベッドに入れてほしい。

そう、あたしたちは、小さい子どもみたいに、今でもときどき一緒に寝る。

あたしがどうしても眠れないとき。寒いとき。悲しいとき。

暗闇で部屋のドアをノックすれば、兄さんはいつでもあたしを優しく迎える。


プロポーズの経緯を聞いたのも、ベッドのなかだった。

結婚する、と、晩ご飯の席で兄さんが宣言したその夜のことだ。

ベッドに入れてもらうと、ひどい折檻《せっかん》を受けるみたいにあたしは体を硬くして、兄さんからプロポーズの経緯を聞いた。

そんな話は聞きたくなかった。でも、兄さんが花嫁として人をもらうにあたって用意したひとつの言葉とか、そのとき起こった足の指の先の反応まで、ぜんぶ知らなきゃ気が済まないという気がしたのだ。あたしの口からは、あらゆる質問が矢継ぎばやに現れた。そして兄さんも、そういう質問にばかていねいに答えた。兄さんはあたしの短い沈黙に気づかない。言葉を薄紙で包んだりもしない。この兄さんの正直さを、愚鈍さを、あたしは愛さずにはいられない。

兄さんは、ソウルのハンジュンマクのなかで、蒸気にもうもう蒸されながらその人にプロポーズしたと言う。あたしはびっくりした。ソウルに旅行に行ったのは知っていたけど、会社の人たちとのグループ旅行だと聞いていたから。少し前にキャビンアテンダントの彼女と別れて以来、兄さんは自由な時間を楽しんでいるものだと思っていた。「もうしばらく飛行機には乗れないよ」なんてぼやいていたから、ソウルに行くと聞いたときは、ちょっとへんだなとは思った。でもまさか、そんなことをするために海を越えたなんて！

まずありえない。あたしは怒りのようなものを覚えた。もう飛行機には乗れないと言ったんだから、兄さんにはその発言の責任をとってもらうべきだった。

「どうしてそんなところでしたの」

あたしは横向きになって、頭の下で両手を組み合わせている兄さんにつめよる。体にさわらないよう気をつけて。

「え、何？」

「プロポーズ」

「自分でもわからないなあ」

「自分がしたことでしょ、なんでわかんないの」

「あの瞬間、どうしてもそうするしかなかったんだ」

「それって、天啓？」

兄さんは「ちがう」と言った。

「俺は、神を信じてないんだ」

と。

「天啓なんかじゃないんだ。そんなドラマチックなものじゃない。しいて言えば、むしろそれはプログラムされたものだ。自分とあの子があの場に行って、蒸気でもうもうに蒸された瞬間にだけ発動する、えらいプログラムだったんだ」

あーあ、あたしは言った。

兄さんは蒸気のなかでただ頭が熱くなって神経伝達回路がショートして衝動的になっちゃったんでしょ、それかもしくは、こんなところでプロポーズすれば、のちのち旅行の笑える思い出話としてみんなに披露するネタにもなるかも、なんていう、浅はかな思いつきだったんでしょ、その思いつきがそのまま「結婚しよう」っていう言葉に変換されて、冗談にもならない、こんな事態を招いちゃったんでしょ、本当は、後悔してるんでしょ？

でも、そんなことは言えなかった。あたしはただむっつりおしだまって、大きな梅干しの種みたいな、すっぱいさびしさを、必死で飲みこもうとしていた。ずっと黙っていたら、隣で兄さんの寝息が聞こえてきた。

ネタになるなんて、せいぜいひ孫の代くらいまでだろうに、百年後の子どもたちに笑われるために自分の百年を犠牲にするなんて、兄さんは考えなしだ。

でも、考えなしであればあるほどあたしは兄さんを愛してしまう。だらしがなくて自意識過剰で見栄っぱりの兄さんを、あたし以上に理解して愛せる人間はこの世に一人もいないと思う。だって兄さんはあたしのたった一人の兄さんで、あたしは兄さんのたった一人の妹なんだから。兄さんを愛そうとする人がいたら、その人はまず、あたしを愛さなきゃいけない。あたしを愛さずに兄さんだけを愛するなんて、煮てない小豆《あずき》を大福のなかに無理やりつめるようなものだ。

今度の日曜日、その人はうちにやってくる。

どんな顔をしているんだろう。美人であってほしい。上品であってほしい。知的であってほしい。きれきれのユーモアセンスを持っていてほしい。あたしがどうがんばっても、一秒たりとも彼女を軽蔑できないように。

その人のことを、あたしはそのうちお姉さんと呼ばなくてはいけないことになるんだろうか。小さいころはお姉さんがほしいと思ってたけど、今は別にいらないな。あたしの家族に過不足はないんだから、間にあってますと言いたい。あのまじめなママとお嫁さんがぎくしゃくしてるところを見るなんて、とってもとっても耐えられない。そのうえ二人がうまくいくようパパが上手にフォローしてるところなんて見てしまったら、あたしは隣の豆腐屋に放火してしまうかもしれない。

もっといやなのは、あたしがいつかお嫁に行ったとき、その人があたしの空けた穴にちゃっかり居座ってしまうこと。考えすぎだろうか。

でも、いくらあたしだって、意地悪なばっかりじゃない。せっかく縁あって新しく家族になるんだから、微力ながら、その人があんまり緊張しないように、温かく迎えたいと思う。いろいろ趣味とか、入ってたサークルのこととか聞いて、あたしなんかどこにでもいるただの妹にすぎないってことに安心してもらって、くつろいでもらいたいと思う。

今、こんなふうに考えたこと、これは何かの言い訳だろうか。はたして本当の気持ちだろうか。あたしは自分に問いかける。あたしは答えない。あたしは台所に行って大福をかじる。まだ秋だから、イチゴは入っていない。

今付きあっているのは、高校生の男の子。二つ年下。彼は、高校三年生。

付きあったのはあたしで二人目だそうで、もう童貞じゃない。

あたしはがんらい高校生の男の子が大嫌いだった。なんだか、ぎらぎらしていて、いつも自分の股のあいだと目に入るすべての女の股のあいだのことを気にしていて、股に始まって股に終わるみたいな毎日を過ごしている、というような気がしていて、自意識過剰このうえないと思うけど、目が合っただけで犯されそうで、バスのなかとか図書館のなかでもはっきり意識的に避けていた。

彼らに直接、怖い目にあわされたというわけじゃない。でもたぶん、遠くのほうでつながっていると思われるのは、昔々、詰襟を着た大きな男の人に、辱《はずかし》められたことがあるからだ。

その男は車に乗って近づいてきて、窓を開けるなりぴかぴかのランドセルを背負ったあたしに「薬局知りませんか」って聞いて、チャックからそのものを取りだして、あたしに見せた。それは、真っ赤になっていた。どうしてあんなに赤かったのかわからないけど、そんなものを見たのは初めてだったから、いったいどういう状態なのかまるでわからなくて、あたしはただびっくりして、でも恥ずかしいと思って、かつどう反応すればいいのかもわからなくて、その場に突っ立ったままだった。男はその赤い棒を手でこすりはじめて、まじめな、とりすがるような表情で、あたしの両目をじっと見つめた。あたしは男の手元とそのまなざしのどちらを見るべきか、どちらを見ずにいるべきか、迷った。目を泳がせていると、突然何かこみあげてくるものがあって、あたしは立ったままその日の給食だった黒パンとシチューを吐いてしまった。男は大きく舌打ちをして、チャックから突きだしたものをそのままに、去っていった。あたしはどろどろの吐瀉物《としゃぶつ》がついたお気に入りのブラウスを見おろして、ようやく八歳の女の子が感じられる枠いっぱいの恐怖とおぞましさを感じた。まるであの棒をこすっていたのが自分の手で、この汚いものはその罰として、あの男からひっかけられたもののように思えたのだ。そうじゃない、そうじゃないし、あの赤い棒もまなざしも、麻紀はどっちも見なくてよかったんだと言ってくれるような大人は、そこに一人もいなかった。何が起きたのか理解できるまで、何年もかかった。

今思えば、車を運転していたからにはその男は少なくとも十八歳以上であったはずで、詰襟と思ったのも実はただの黒い服だったかもしれない。でもあの日以来、詰襟を着た男は赤いいやらしい危険物を持っていて、それは吐き気をもよおさせてきれいなブラウスを汚すとてもいまわしいものだ、というのが、あたしのちっぽけな精神世界を守る、ひとつの信仰のようになった。人生を生き抜く上で、本当に大切な二、三のことを書きこめる本能のメモ帳の一ページに、つめえりはあぶない、という九文字がひらがなで書きこまれてしまった。小さいあたしがどうして詰襟なんていう古くさい言葉を知っていたかというと、当時店の窓ふきや配達のアルバイトをしていたけんちゃんという高校生の制服が詰襟で、手伝いの弓子さんがよく「詰襟君」と呼んでたからだった。それであたしは、あの黒くて首が苦しそうな服のことを「詰襟」と言うのを覚えたのだった。つめえり、なんて、ほんとに窒息しそうな言葉だと思った。

とにかくその詰襟に遭遇してしまった日から、あたしはけんちゃんとしゃべることも近くに寄ることもその視界に入ることさえおそろしくなって、「よお、元気?」と挨拶がわりに肩を叩かれるときなんか、本能のメモ帳からビービー耳をつんざく警告音が鳴って、あの九文字が赤く点滅して体のなかをかけめぐっているような気さえした。言葉には出せないながらも、あたしの異様な拒否反応を察したのか、けんちゃんもそれ以来、あたしには不用意にさわらなくなった。そしてなぜだか今でもあたしは、通りでときおりすれちがうけんちゃんと口がきけない。

というような、男子高校生アレルギーに罹《かか》ってしまったあたしなのに、大きくなって、高校生と付きあっているのはいったいどうしたことだろう。しかも、彼の制服は詰襟だ。会うたびに、ひやひやする。こわい。その下にぶらさがってるはずの赤い棒なんか、あたしはもう、ちょっともこわくないのに。

「まきちゃん、まきちゃん」

と、その子は今日もうるさくまとわりつく。手をつなぎたがったり、携帯で写真を撮りたがったりする。でもあたしはぜんぜんそんな気にならなくて、そんな気になってみようという気すら起きない。

「いや」

「なんでだよう、いいじゃん、いいじゃん」

「やだ」

「いいじゃん、いいじゃん」

「あたし、今、そんな気分じゃないの」

するとその子はしゅんとして、おとなしく携帯をいじりはじめる。

あたしはその携帯をとりあげて、地面に叩きつけて、彼をもっとしゅんとさせてみたくなる。どうしてそんな気持ちになるんだろう。なんだか自分がおそろしくなって、そんな悪いことを考えた頭にたいする罰として、彼の頭をなでる。自分から手をつないで、よりかかる。すると彼は安心して、あたしの髪の毛に頬をすりすりなすりつける。肌はきれいな子だ。そしてあたしの目線の高さには、詰襟のホックが光っている。

「まきちゃん、ホテル行く?」

頭皮から、直《じか》に声が聞こえる。あたしは自分にたいする二つめの罰として、「いいよ」と答え、いつものラブホテルに行って、することをする。二回半くらい。それからちょっとうとうとして、夕飯の時間の一時間前くらいには、さっさと引きあげる。あたしはただパンツを拾ってはくだけだけど、彼は全部脱いだから、あたふたと忙しそうだ。

「ねえ、今日、どうだった」

帰り道も、彼はうるさい。

「ん、ふつう」

「えーっ、ふつうって?　ふつうって、気持ちよかったってこと?」

「気持ちよかったってどういう状態?」

「え、それは……ええと、失神しそうになったりとか。ちがう?」

「失神なんかしない」

「でも、いった、いったでしょ?」

「いった」

「それが失神しそうになるってことだからね！」

嬉しそうだ。

「まきちゃん、大好き」

そう言って、あたしの二の腕をぎゅっとつかむ。

別にあたしとじゃなくったって、彼は誰とでもこういうことができると思う。そのへんの、ちょっときれいなおばさんとでも、ぶさいくな大学生とでも、誘われたらホテルに行って、何かすがすがしいような使命感にあふれて、出し入れできると思う。でも彼は言う、「誰とでもじゃない、まきちゃんとだからいいんだ」。

あたしはそのまきちゃんという人が、自分以外にも、たくさんいる気がする。


兄さんとあたしでは、性的に成熟したのは、どちらが先だったんだろう。

あたしは十一歳のときに生理がきた。そのとき兄さんは十六歳だった。まだ童貞だったはずだけど、そのころの兄さんにはいつだって彼女がいたんだから、あやういところをさわったりさわられたり、それくらいはしていただろう。でもあたしは、心のなかでは常に兄さんの先をいっていたような気がしてならない。

兄さんは推定、十七歳のとき、童貞でなくなった。

だからあたしはそれより一年早い十六歳のとき、処女でなくなることに決めて、実際にそうした。兄さんの女性経験数は、今、結婚することになっている人をのぞくと、六人。そのうち四人は、彼女だった人。残りの二人は、たぶんその場のなりゆきとか、チャレンジ。こういう人は、もしかしたらもう一人くらいいるかもしれないけど。比べてあたしの経験人数は、今のところ、目下の高校生も含めて四人。この四人のなかには、兄さんが試みた、なりゆきの人もふくまれている。今兄さんは二十五歳で、あたしは二十だから、あたしは二十五歳になる前にあと三人以上経験すればよいのだ。

あたしは心のなかでも、心の外でも、常に、兄さんの先を、いっていたい。そして兄さんを正しい道へとみちびきたい。

今日は一日おおわらわだった。

なぜならいよいよ明日日曜の一時、兄さんのお嫁さんになる人、たぶん、ふつうの言い方では、「婚約者」が来るからだ。

あたしはどうしても、この「婚約者」という名詞にまとわりつく仰々しくてロマンチックに悲劇的な感じを、自分の口から響かせたくない。でも、かぎかっこつきでこの言葉を発することで、あたしは彼女にある種のアドバンテージを与えることになる気がして、それも納得がいかないから、ごく自然な感じで、それが当然だという雰囲気のなかで、ただ便宜上、婚約者と呼ぶことにした。

明日、婚約者が来ることは、三週間前から決まっていた。

それはあたしたちの家族に定められた、大審判の日のようだった。あたしたちは、**有罪！**と叫ばれることを当然回避するべく、家じゅうのいろんなところを掃除したりたがいの見目に厳しく意見して、悪いところを改善しあい、改善しうる人を家に呼んだり、改善しうる場所に行ってもらった。それであたしたちの家はいやみでない程度にぴかぴかになり、あたしたちも改めて、こぎれいな家にふさわしいこぎれいな人々になった。あくまで、いやみでない程度に。このさじかげんは、ママが行った。ママはいつだって冷静沈着で、まっとうで、手際がよくて、さえている。あたしの賢さは、パパじゃなくてきっとママから受け継いだものだ。あたしは花屋さんに配達してもらったテッポウユリの花束をらでんの花瓶に生けて、居間に飾った。ママはすっきりしたところに花を飾るのはだめだと言った。何かたりない、と思わせるくらいがちょうどいいのだと。あたしはそのとおりだと言って、花瓶をのけて自分の部屋に持っていった。

一家をあげての改善活動に、兄さんだけが熱心じゃなかった。作業用の古エプロンを首からさげているけど、後ろのひもは結んでもいない。「そんなに気合をいれないでくれよ」なんて言って、落ち葉をきれいに掃いた庭の真ん中でふにゃふにゃのサッカーボールを転がしているだけで、障子の張り替えも手伝ってくれない。あたしは縁側で作業をしながら、「そんなこと言わないで、早くこの木の枠に糊を塗って、でないと先に塗ったところが乾いちゃう、ぴっちり紙が張れなくなってへんな皺《しわ》がよっちゃう、あたしたちはギルティになってしまう！」と叫びそうだった。

でもその前に、まっとうなママが言った。

「でも、ちゃんとした、さっぱりした家にして、まっさらの状態で、ママたちはお嫁さんを迎えたいのよ」

「そんなに細かいところ、気にするような子じゃないんだから。それにあんまり大仰にすると、彼女がびびっちゃうよ」

「いいえいいえ、これから一生付きあうことになる家なんだから、ゆくゆくは自分が住むことになる家なんだから」

「そんな先のこと……」

「家は大事なのよ。あなたが思う以上に、家は大事なの」

そのとおりね、ママ、と思いながら、あたしは黙って木枠に糊を塗っていた。

家は大事だ。この家は、兄さんが、ゆくゆくは住むことになる家なんだ……パパが死んで、ママも死んでしまったら、兄さんがこの家の主《あるじ》になるのだ。つまりそれは兄さんの婚約者がこの家の主婦になるっていうことだ、そしたらあたしの住む家は？　あたしの食べるご飯は？　あたしはずっとここにいたいのに、自分の張り替えた障子に囲まれてご飯を食べていたいのに。

「おい、麻紀！」

兄さんがふざけて、空気の抜けたサッカーボールを投げてよこした。

それはあたしの腰のところにぶつかって、縁側から落ちた。笑っている兄さんに「ばか！」と叫んで、にらみつけた。あたしは靴下ばきのまま庭に降りて、落ちたボールを拾い、兄さんの股間めがけて投げた。かわされた。だからそのまま体を斜めにしてぶつかって、兄さんを庭に転がした。

そのあいだ、あたしたちはずっと笑っていた。ママはあきれてそのようすを見ていた。でもママはしあわせそうだった。あなたたちが大好きよって言うみたいに、「やあねえ、二人とも」と言った。

そう、これが、これこそが、今まであたしたち家族四人で協力して作り上げた、つやつやした飴細工のように美しいしあわせの形なのだ！　あたしはママと兄さんの優しいまなざしの真ん中に転がって、幸福感が体じゅうをびりびり駆けめぐり皮膚を内からやぶっていこうとするのを、ぞんぶんに味わった。兄さんが手を伸ばしてあたしを助けおこした。兄さんはまた、一人でサッカーボールを転がしはじめた。

それからあたしは、ママと一緒に一生懸命障子紙を張り替えた。兄さんはずっとボールを転がしていた。そのうち、ママ行きつけの美容院で頭をやってもらったパパが帰ってきた。

「パパ、高倉健みたいよ！」

ママが叫んだ。

高倉健になったパパは、啓蒙家でもあった。

その日の夕食の席で、明日に向けての心構えを、ゆっくりと、えいひれを噛《か》みながら、ひとりひとりの目を見てさとした。

「みんな。明日はいよいよ、カズ（これは、パパが兄さんを呼ぶときの愛称）の彼女がやってくるな」

「彼女じゃない」

あたしはさえぎった。ただの彼女なんかじゃないから、兄さんと結婚する人だから、今日一日いろんな人を使って家を整えて、パパだって高倉健になったはずなのに。

いろんな考えを口に出す前にいったん脳みそで濾過《ろか》しないパパの怠惰を、あたしは少しだけ軽蔑した。

「彼女じゃないのか？　じゃあなんなんだ」

「婚約者」

「まあそうだな、婚約者になる人だ」

「婚約者になる人じゃない、もう婚約者なの」

「そうだ、婚約者だ。これで異議ないな」

そもそもあたしはその前提自体に異議があるのだけれど、パパの見せ場を作るため、おとなしくうなずいておく。

「我々は緊張するだろうが、新しく家族になる人だ、きゅうくつな思いをしないように、みんなで楽しく迎えよう。家族が新しく増えるのは、すばらしいことだ、これまでなんのつながりもなかった人が、カズを必要として、パパやママや麻紀たちとも仲良くしたいと思ってくれたんだ。わたしたちが新しい家族を選ぶのではなくて、花嫁のほうが、うちを選んでくれたんだ。そのことをくれぐれも忘れぬよう。ゆめゆめ、こちらが迎えいれてやるのだ、などという居丈高《いたけだか》な考えは持たぬよう。選ばれたのはわたしたちだ。花嫁のほうが、えらいんだ」

あたしはがまんできなくて、最後のほうでぐふっとへんなふきだし方をしてしまった。

「なんだ、麻紀」

「ごめんね、パパ。だっておかしいんだもん」

「今のパパの話がか？　どこがだ」

「花嫁のほうがえらいってとこ」

「だってそうじゃないか、こんなカズを選んでくれるなんて、花嫁のほうがえらいじゃないか」

「兄さんを選んだところは確かにえらいと思うけど、あたしたちは選ばれてないよ。あたしたち、兄さんを選んだら、仕方なくついてきちゃう人たちでしょ」

「なんだ、麻紀によると、パパたちは、いらないおまけだということか」

「兄さんと結婚するから、あたしたちとも自動的に家族になっちゃうんだよ。ううん、家族になんて本当になれるのかな。その人、あたしたちと結婚するわけじゃないもん、兄さんとだけ結婚するんだもん」

「麻紀、麻紀。その考えはすぐに捨てなさい。危険だ。そんなことを考えているとお前は顔に出る。人間けっして、自動的には家族になれない。お互い、胸を開きあって、家族になろうとしてなるのだ」

「その人があたしたちに胸を開くかどうか、まだわからないのに？」

「一対多だ。我々が胸を開けば、彼女の胸もおのずから開く」

あたしは自分の前髪に向かって、プフーッと息をふきかけた。

「その人が家族になりたいのは兄さんだけよ。あたしたちじゃないよ」

「こらっ。そんな狭量はよしなさい」

「男の人と女の人が互いに好きになって、ずっと一緒にいたくてするのが結婚でしょ？　どうしてそこに、後ろに控えてるあたしたちみたいな人が、さあ、あたしたちとも仲良くしてねって、割りこんでいかなきゃいけないの？　結婚なんて、二人だけがすればいいんだわ、その人は絶対に、あたしのお姉さんになんかならないわ、なりえないいわ」

あたしはえないのところに心を込めて言った。するとパパは、つまんでいたえいひれをお皿に戻して、神妙な顔つきで言った。

「麻紀。結婚というのは、二人だけの問題ではないのだ。結婚とは、未知のものを受けいれていく過程そのものであり、異なる文化の融合であり、戦争でもあり和解でもあり第三国の介入でもあり、みんなでたどりつく小宇宙なのだ」


あたしはもう一度、自分の前髪に向かって、プッフーッと息をふきかけた。


「明日はやっぱり、お寿司をとりましょうかね」

と、ママが言った。


あたしは夜、自分の部屋に一人になって、昔のことを思い出す。

さびしくなってきて、そっと壁に耳をつける。

壁の向こうで、兄さんは電話している。婚約者と話しているのだ。何を話しているのかはよく聞こえない。でもあたしはこの壁から兄さんのいろいろな声を聞いてきた。

あたしは自分の部屋に、一度も男の子を入れたことがない。どんな男の子もだめ。彼氏も、ただの男友だちだって、ぜんぶだめ。どんなに頼みこまれても、断ってきた。入れてしまったら最後だ、することなんかひとつしかない。あたしはパパやママや兄さんが仲良くくっつきあって暮らしているこの大福御殿をおかしな分泌液でけがしたくない。

でも兄さんは、歴代の彼女を、全員この家に連れてきた。多くの場合、パパもママもお店に出ているときを狙って。そんなとき、あたしはたいてい居間で宿題をしていた。兄さんの彼女はみんな似通っていた。明日やってくる婚約者も、きっと同じ系列に置くことができると思う。兄さんはおしなべて、清楚で純粋な感じの人が好きなのだ。あたしはそうではない。ママも、どちらかと言えばそうではない。あたしたちは清楚というより、そつがなくてきりっとしていて、泣くより怒るほうが好きな女たちだ。「おっ」と居間のあたしに手を上げて階段を登っていく兄さんに続いて、歴代の清楚な人たちは、「こんにちは」とニコッとして、階段を登っていく。あたしはちゃんと事情をかんがみていて、居間でそのままおとなしく宿題に没頭する。でもときどき魔がさして、音をたてないように階段を登って、自分の部屋に入り、壁に耳をつけてみる。こんなことはちっとも清楚じゃないとわかっているけど、どのみちあたしはそんな種類の人間じゃないのだ。たわいない話をしている段、誘っている段、試みている段、終わった段。だいたい何をしているところか、あたしにはよくわかる。兄さんはいつもワンパターンだ。どの女の子が相手でもそう。そしてどの女の子の反応も同じ。あたしは絶対に、自分の彼氏をこの家に連れてくるまいと、毎回強く心に誓う。兄さんは気づいていない。盗み聞きしているのはあたしだけじゃない、この家全体が聞いているのだ、そして見ているのだ、壁も、窓も、床も。あたしたちは大福御殿のなかにいる。あたしたち家族を包むこし餡に、伸びるお餅のなかに、兄さんと女の子たちがうめく声がしみこんでいく。あたしたちの大福はみだらな味を含む。兄さんが気づいてないのは、ある意味幸運だ。気づいているあたしは、そのおそろしさにふるえていっそう壁から離れられない。そんなあたしだって、このまちがった味を生みだす小豆のひとつぶくらいにはなっているはずなのに。

兄さんはまだ、入念に婚約者と打ち合わせをしている。

食卓での、あたしのふゆかいな発言を報告しているのかもしれない。仕方ない。あたしは有罪だと宣告されても、それだけのことをしてきたのだから受けいれよう。本当のことを言うと、あたしは婚約者がちょっとこわい。彼女はもうすでに知っている、あたしがこの結婚に反対していることも、胸を開くつもりがないことも、ときどき兄さんのベッドで寝ていることも。あたしはだんだん、婚約者は兄さんと結婚するためにこの家に現れるのではなく、ただあたしをこわがらせるために、今までの悪行を知らしめるために、やってくるような気になってくる。

彼女は近づいている。花嫁衣装を着て、レースのグローブをはめた片手に免罪符をちらつかせて、この家のなかであたしが大事にちびちび舐《な》めてきたおいしいカニミソのようなものをまるごと奪取するために。

ああでも、あたしがいったい何をしたというのだろう？

自問するまでもない。あたしは今まで悪いことをいっぱいしてきた。認知しているだけで、人を十数回は泣かせた。善行もしたと思うけど、とびきりいいやつ以外、忘れてしまった。あたしが覚えている地味だけれどいちばんの悪行は、小さいいとこを泣かせたことだ。今でもときどき夢に見る。

夏休みだった。あたしの機嫌は、そんなに悪くなかった。そのいとこはまだ四歳か五歳で、いとこのなかでは唯一あたしになついている、ぽちゃぽちゃした女の子だった。パパの妹である、これまたぽちゃぽちゃしたピアノ教師の恵子叔母さんを母に持つその子は、毎年の夏休み、必ず父親抜きで一家でうちに数泊して帰っていった。彼女には一人お姉さんがいて、その姉のほうはあたしよりひとつ年上だったけれど、ちっともあたしをかまわなかった。むしろ、積極的に敵対の態度を見せていた。彼女は母親や妹みたいに気の抜けたふとり方をしていなくて、しっかりと頑丈に、ふとっていた。そしていつもあたしの目を盗んで、兄さんにこびるような視線を送っていた。もちろん兄さんがその視線に応えることはなかったけど。一方下の子は顔つきも姉に比べたらだいぶ柔和な感じで、遊びにくるたびに、まだ制御しきれないあたしの未熟な加虐願望に、そのべとべとした手で刺激を与えるのだった。

一家が遊びにきていたある日の夕方、ガレージで一輪車の練習をしていると、下の子が家のなかから出てきた。そして周りをうろうろしはじめたので、あたしは「散歩する？」とガレージを行ったり来たりしながら誘った。ようやく手放しで乗れるようになったころだったから、あたしは新たに回転の技術を取得しようと、練習熱心だった。きゅっきゅっとタイヤを鳴らして、小さな円を描くことにやっきになっていたから、そのまま小さな女の子を近くにうろうろさせていたら、うっかり轢《ひ》いてしまいそうだったのだ。あたしの誘いにその子は顔を輝かせた。たぶん、あのかたぶとりの姉に無視されたかおやつを横取りされたかして、つまらない気分だったんだろう。

「じゃあ行こう。別荘まで行って、戻ってこよう」

別荘というのは近所の空き地のことだ。それは建物も土管も何もない、雑草だらけのただの空き地だったけど、土を固めて作ったテーブルとも言えないテーブルがあり、そこで持ちよったお菓子を食べたりするから、そのあたりの子どもたちは皆「別荘」と呼んでいたのだった。

「あたしはこのまま一輪車で行く」

そう言うと、小さないとこは「え……」と幼児らしからぬ低い声をもらして、うっすら不満げな表情を見せた。あたしが優しくその手をとって、別荘まで連れていってくれると思ったんだろう。まず、その顔だった。だいだい色の夕焼けと、部屋から聞こえてくるつっかえつっかえの「仔犬のワルツ」（これは、かたぶとりの姉が弾いていたのだ）と、その不満げな幼児の顔が、傷んだいちじくの皮をむくみたいに、あたしの悪い部分をべろんとむきだしにした。小さくてかわいければ、みんな自分の思う通りになると思ってるんだ……でも残念、このあたしには、そんなの通用しないんだから！　いとこの顔を凝視しながら、あたしは歯の奥をぎりぎりした。小さな子どもというのは、それまで優しかった大きい人から急に黙ってにらまれると、いとも簡単に泣きだすものだ。あたしはその子が泣きだして面倒なことになる前に、歯の力を抜いてにこっと笑い、「じゃあ行こっか」と一輪車に乗りながら手を差しだした。

あたしたちはガレージから出て、別荘に向かった。一輪車に乗った人間と手をつなぐというのが気に入ったのか、いとこはなかなか機嫌よさそうに歩いていた。ときどきあたしはわざとバランスをくずして、「おっ」とか「わあ」とか素っ頓狂な声をあげて、彼女をおもしろがらせた。夏休みなのに、近所の子どもたちはどこかへ遊びに行ってしまったのか、誰にも会わなかった。いちばん仲のよかっためぐちゃんの家はシャッターが閉まっていた。そういえば、めぐちゃんちはみんなで別荘に行くって言ってたな、とあたしは思い出す。「別荘っていっても、あの空き地でキャンプするんじゃないよ、那須にある、おばあちゃんの、ほんものの別荘だよ！」それが、夏休みになると毎年繰り返されていためぐちゃんジョークだ。ぜんぜんおかしくないんだけど、その場にいるとなんとなくおもしろく聞こえるから、つい笑ってしまう。思い出したらほんとに、ぜんぜんおもしろくないいんだけど。

シャッターの閉まっためぐちゃんの家の前を通過したとき、ふと、手のひらにかかる力がさっきまでと微妙にちがっているような気がした。横目でいとこを見やると、彼女は小走りになって、必死であたしの一輪車に並走している。めぐちゃんの思い出に夢中になって、いつのまにか一人で練習するときの速度に戻ってしまったらしい。あたしは「ごめん、ごめん」と一輪車の速度をゆるめた。すると彼女はほっとしたように、「ううん、だいじょうぶ」と呟《つぶや》いた。

その言葉が原因だったのか、はたまた彼女の顔に浮かんだ安堵《あんど》の表情がいけなかったのか、それともめぐちゃんちのシャッターか、まだしつこく聞こえてくる「仔犬のワルツ」のせいだったのか。わからない。でもあたしはこのとき猛烈に、この子にたいして、それから世界じゅうの自分より小さな子どもにたいして、腹が立った。あたしは突然彼女の手を離した。そして上半身の軸を意識し、両足の筋肉をくっとひきしめて、およそそのとき出し得るスピードで、一直線の住宅街の道を一輪車で走りだした。数秒後、蟬の声のすきまに耳をつんざくようないとこの泣き声が聞こえてきた。あたしは足を止めて振りむいた。そして彼女の近くまで戻ると、「ごめんね、泣かないで」と言って、また手をとった。彼女は一瞬泣きやんだけど、顔はサルみたいにまっかっかで、流れた涙を半端にぬぐったせいか、顔全体がぬらぬら濡れていた。あたしたちはまた手をつないで一緒に進んだ。五メートルほど歩いて、あたしはまた手を離し、猛スピードで走りだした。でも今度は、彼女も置き去りにされることを積極的に拒否した。あたしに追いつこうと走りだしたのだ。泣きながら追いかけてくる小さい子どもを見て、あたしは、ここでこの子が車に轢かれたら大変なことになるだろうと思いながらも、もっともっとスピードをあげて、この子を母親の腹から出てきた瞬間以上の大混乱におちいらせてやろう、悪いあたしを未来永劫けっして忘れられないようにしてやろうという使命感のようなものにかられて、ひたすら両足を激しく回転させた。泣き声と足音は少しずつ遠のいていった。ようやく別荘にたどりつくと、あたしはぴょんと一輪車から飛びおりて、その赤い車体ごと草むらに身をひそめた。しばらくすると、思ったとおり涙で顔をぐしゃぐしゃにしたいとこが激しく肩を揺らしながら、そして怒りにも似た表情を浮かべて、別荘の草むらに入ってきた。あたしは再び歯ぎしりした。ここまで来てしまったのなら、今度は鬼だ。鬼になったふりをして、いっそう激しく泣かせてやるのだ。あたしは何かにとりつかれたように、彼女をいっそう激しく泣かせることでしかもう息ができないというように、必死だった。それで「ウウー!!」と腹の底から声を出し、草むらから立ちあがりざまに抱えていた一輪車を渾身《こんしん》の力を込めて空高くに放り、彼女の前に狂った鬼少女となって再び現れた。彼女は一瞬ぽかんとしたけど、すぐにあたしの望んだとおり、全身全霊で恐怖を叫ぶために大きく息を吸うのが見えた。そのときだった。空き地の向こうのなだらかな坂から、見慣れた自転車が現れたのだ。

兄さんだった。あたしはまだ息を吸っているいとこをさっと抱えると、草むらに隠れた。「うぇーん」と準備のわりにはよわよわしい声で泣きはじめたいとこをぎゅっと抱きしめて、「ごめんね、ごめんね」と繰りかえしても、彼女は泣きやまない。それどころか泣き声は大きくなっていった。

仕方なく、あたしは最後の手段として、彼女の口に手のひらを押しつけた。自転車の涼しげな車輪の音は近づき、すぐに遠のいていった。あたしはほっとして、ようやくいとこの口から手を離した。手はべとべとだった。彼女はあたしから離れたくてしょうがないらしく、両腕であたしの顔面をつきとばすと一回地面に尻もちをついて、一目散に家に向かって走っていった。

「だめだよ、一人で行ったら危ないよ」

あたしは、自分の口から出てきた言葉に笑った。あの子にとったら、原因不明の憎悪をたぎらせた半狂乱のいとこと一緒にいるより、車に注意して一人で歩くほうがどれほど安全なことか。草むらに落下した一輪車を探しだすと、あたしはのろのろと彼女のあとを追った。

家のガレージに着くと、兄さんが自転車に空気を入れていた。

「おっ、お帰り。これ、麻紀におみやげ。UFOキャッチャーでとったんだ」

かごに入れた紙袋から、エリマキトカゲのぬいぐるみを取りだすと、兄さんはそれをあたしに放った。その日、兄さんは付きあって三ヶ月の彼女と遊園地にデートに行っていたのだった。

そもそも当時あたしが熱心に一輪車の練習をしていたのは、以前にその彼女がくれた一輪車で派手に転んで、もしくは、ちょっと車にぶつかって軽傷をおって、兄さんと彼女に後悔の念を抱かせ、別れさせるという計画のためだった。

清楚で純粋そうなその彼女は、もう三度ほど、あたしたちの大福御殿にまちがった味を持ちこんでいた。

あたしは家のなかに入ると、ちっともかわいくないエリマキトカゲを、まだ顔を赤くしてふるえているいとこにくれてやった。

このころからあたしは気づいていたんだろうか、あたしが兄さんを愛する気持ちは、他の兄妹とは少しちがうやり方のようだって。

あたしの悪事の記憶は、すべて兄さんに結びついている。悪いことをしているとき、あたしはいつも兄さんのことを思いうかべる。または、兄さんが実際に現れる。

兄さんの佇《たたず》まいが好き。顔が好き。声が好き。頼りない性格も好き。名前も好き。食べものの趣味も好き。当たり前だけど、とても他人とは思えない。好きな人のしあわせをいちばんに願うなんて、そのしあわせの相手が自分でなくても、そのしあわせが永遠に続くように願うなんて、あたしにはできない。本当にその人を好きなら、心から愛してるなら、一生その人のそばにいて、その人の面倒を見たいって思うのが当たり前なんじゃないの。そんなのは本当の愛じゃないなんて、文に書いたり音楽に乗せて歌ったりするお行儀のいい人たちは、いったい何をこわがっているんだろう？　あたしは彼らを信じない。

でもときどき、少しは疑問に思う。こんなふうに兄さんを愛するのって、良い人間のすることだろうか。パパとママの教育がまちがっていたのか。それともあたしに生まれつき欠けている何かが、兄さんのなかに入っているんだろうか。ママのお腹《なか》に先にいた兄さんが、あたしのぶんまで残しておいてくれなかったんだろうか。

それを取りもどしたいがために、あたしはこんなにも兄さんに執着しているんだろうか。


あたしはお風呂に入り、いいにおいのするクリームを全身に塗り、英語のレポートを書き、高校生の彼氏におやすみのメールを送ってから兄さんの部屋をノックする。

部屋を出る前に時計を見たら、もう二時を過ぎていた。でも兄さんが起きているのをあたしは知っている。ほんの五分前まで、結局二時間近くも、婚約者と電話をしていたのだ。夕食後にすぐシャワーを浴びていた兄さんは、電話を終えて、今は完全に寝る態勢に入っているだろう。あとはラジオのボタンを押すだけ、部屋の電気を消すだけだ。

あたしはその十秒前のタイミングを見計らって、ドアをノックした。

「はい?」

なかから、少しおどろいたような声がする。

「あたし」

「麻紀？　何？」

「ちょっといい？」

　あたしは返事を待たずに部屋に入る。もくろみとはちがって、もう暗くなっていた。でもラジオの電源はまだついてないみたいで、静かだった。後ろ手でドアを閉めると、あたしはまっすぐ兄さんのベッドに向かった。

「なんだよ」

　兄さんは上半身を起こして、枕元のライトを手さぐりする。あたしはそのスイッチをいちはやく見つけて、手のひらで覆う。

「なんだよ、麻紀。また眠れないのか？」

「ううん」

「じゃあ、なんか用？」

「兄さん、ほんとに結婚するの」

「ああ、するよ」

「なぜ？」

「なぜって」

「彼女がしたいって言ったの？」

「それもそうだし、俺もそう思ってるんだ」

「結婚したら、この家出てく？」

「たぶんね」

「なぜ？」

「だって、彼女がいろいろと気をつかうだろ。俺は楽でいいかもしれないけど、かわいそうじゃないか」

「優しいんだね」

「でも、店のことがあるからな。ゆくゆくは戻ってくるよ」

「ゆくゆくっていつなの」

「それは、さあ……」

「いつ」

「知らないけど、何年か、何十年かあとってことだろ」

「待てない」

「別に麻紀が待たなくたっていいじゃないか、麻紀だって、そのうちお嫁に行くんだから」

「あたしがお嫁に？」

「そうだろ」

ここまで、兄さんの声には、少しも悲しそうなところがなかった。

あたしは体をベッドのなかに滑りこませた。

「麻紀、自分の部屋で寝ろよ」

「だって寒いんだもん」

「もう小学生じゃないんだから、いい加減こんなことはやめないと。部屋に戻れよ」

「部屋に何かいるような気がするの。一人じゃこわくて眠れない」

「また麻紀の病気が出たな。俺が出ていったら、どうするんだよ。もうはたちなんだから、しっかりしないと」

「だから困るの。出ていかないで」

「麻紀も早くだんなさんを見つけるんだな」

兄さんはそう言って、ベッドの壁のほうに身を寄せた。あたしはあごまでしっかり布団をひっぱりあげて、天井を見つめた。

ふつうじゃないことはわかってる。でもこれが、あたしたち兄妹のやり方なのだ。兄さんの歴代の彼女が兄さんに恋をするずっと前から、そもそも恋の概念だってろくに知らない時代から、あたしたちはこうやって一緒にベッドに並んで、この天井を見つめてきたのだ。

「あたし、兄さんが結婚するなんていやだ」

「麻紀はいやでも、俺はするんだ」

「お嫁さんと、兄さんと、あたしで、三人で結婚できない？」

「ははは、一夫多妻か。だめだな、お嫁さんが麻紀に嫉妬するよ」

麻紀がお嫁さんに……ではないところが、一瞬あたしの気持ちを明るくする。でもあたしは、兄さんの体にふれることができない。

一緒に寝てもいいけれど、決して互いの体にはさわらない。言葉にしたことはないけど、それがあたしたちの決まりだった。昔はくすぐりあったり、つねりあったり、さわっちゃいけないところなんてなかった。でもいつからか、そうじゃなくなった。兄さんが中学生になったころか、あたしの生理がきたころか、それよりもっと前だったろうか。思い出せない。でも今、あたしたちに許されているのは、一緒の布団のなかで、それぞれ別々に眠りにつくことだけだ。

「麻紀、こうやって一緒に寝るのは、もう今日で最後にしよう。俺はまだしばらくこの家にいるけど、お嫁さんが知ったら、きっとショックを受ける。それに母さんや父さんも。だからやめよう」

「あたしが病気ってことにしてよ」

「添い寝が必要な病気ってことか？　だったら、母さんのところへ行けという話になるじゃないか」

「ママのとこにはパパもいるでしょ。そうでなくてもママのとこはいや。女のにおいがぷんぷんしそう」

「女のにおいがいやなのか」

「あたし、レズビアンじゃないもの」

「麻紀は今、どんな人と付きあってるの」

「高校生」

「へえ、高校生！　犯罪だな」

「同意のもとよ。むしろ、あたしのほうが餌食《えじき》になってるの」

「餌食か。俺も、ある意味餌食だ」

ベッドのなかの、兄さんとあたしの体に挟まれた何もないところ、そこに餌食という言葉が、突然二人の赤ちゃんのように荒い呼吸を始めた。

あたしは何年も前に置き去りにしようとした、あの幼いいとこの顔を思い出した。あの子はまちがいなく、あたしの残酷さの餌食だった。あれ以来、もううちには来たがらないいんじゃないかとひそかに期待していたけれど、そんなことはなかった。夏休みになるたび、あの子はピアノ教師の母親と、不愛想な姉と一緒にやってきた。パパがあたしのために買ってくれたアップライトピアノで、姉妹はよくラデツキー行進曲を連弾していた。こんなちゃちなピアノはあたしたちが破壊してやると言わんばかりの激しさで。その音を聞いていると、あたしは大きくなった二人がいつか共謀してはでな仕返しをしにくるんじゃないかとおそろしくなって、自分の部屋にこもって耳をふさいだ。

でも数年前に、恵子叔母さんは長らく別居していただんなさんと離婚した。子どもたちは、だんなさんのほうに連れていかれちゃったそうだ。だからあの姉妹には、しばらく会っていない。

何年も前のふゆかいな騒音を思い出していたら急に、あたしの残酷の餌食になったあの子が、かたぶとりの姉の肩に乗ってベールをかぶり、兄さんのキッスを受ける姿が心に浮かんだ。あたしはぶるっと体をふるわせて、叫ばずにいられなかった。

「そうよ、あたしたちは餌食よ！　男たちの、女たちの、ママやパパや、その他いろいろのずうずうしい人たちの餌食なのよ」

「おいおい、前半はわかるけど、母さんや父さんのうんぬんってとこはちがうだろ」

「ううん、ちがくない。だって兄さんは、この家に生まれたばっかりに、あの和菓子屋のあとを継がなきゃいけないし、あたしはこの家から追いだされるんだもん。それは他のいろいろなずうずうしい人たち、あたしたち家族じゃない人たちのせいでもあるんだわ」

「誰も麻紀を追いだそうとはしないよ」

「するわ！　だって兄さんは結婚するんだから、兄さんのお嫁さんはきっとあたしが邪魔になるんだから」

「あの子はそんなにいやな人間じゃない。気が優しくて、いい子なんだ。きっと麻紀の、本当のお姉さん……みたいになるよ」

たまらなくなって、あたしは上半身を起こした。

体をひねって、兄さんの顔を見おろした。

だいぶ目が慣れたから、兄さんの目が閉じているのが見えた。青いチェックのパジャマの襟が、へんな方向に折れている。太い首の、筋が見える。

あたしは兄さんを殺してしまおうかと思った。でもそんなことはできないのも知っていた。パパやママが悲しむ。それにあたしは狭くて寒い檻《おり》の中じゃなくて、明るい太陽の下で堂々と生きたいのだ。愛しているから殺すなんて、そんなの言い訳じゃない。殺人の言い訳になるのは、嫉妬や、憎しみや、悲しみからだ。愛なんていいもので、人は殺せない。愛が理由で人を殺したら、愛に悪い。

兄さんは、もう寝息をたてていた。疲れているみたいだ。疲れているとき、兄さんの寝息は不規則で、減速する電車のような耳障りな音も混じる。

兄さんはただ愛されているだけなのに、いったい何に疲れているんだろう。

あたしはまた布団のなかにもぐりこんだ。さっき生まれた餌食というあたしたちの赤ちゃんがまだ息をしているかどうか、二人の体のすきまにそろそろと手を伸ばす。つめたいシーツの感触の先には、温かな体がある。息をしている、男の人の体がある。

兄さんの花嫁になりたいわけじゃない。

でも、兄さんが、今後一生、花嫁とこうしてあたしの知らない天井を見上げて毎晩眠りにつくんだと思うと、本当に泣けてくる。

夜が明けようとしている。

あたしは自分の部屋に帰る。


アラームが鳴って、携帯に手を伸ばすと、高校生の彼氏からメールが来ていた。

「今日会えない？」

あたしは「あえない」と文字を打って、変換ボタンも押さずにそのまま送信した。

兄さんの部屋から戻ってきても、あたしは一睡もできなかった。外が明るくなるのと同じ速度で、体じゅうにぐじゅぐじゅしたあきらめの膿《うみ》が広がって、それは久々に、あたしに自省の気持ちをうながした。すぐに返ってきた「え～なんで!?」の涙の顔文字と三つ並んだ下向き矢印を眺めながら、この子とはもう別れようと思った。ふわふわした高校生と中途半端な気持ちで遊んでいたから、こんな結果になってしまったんだ、という気がした。あたしはただ、退屈しのぎにつまらないコンプレックスをもっともらしく引きのばして、複雑に罪深い自分を演出したかっただけなんだ。何が詰襟だ。何が本能のメモ帳だ。ううんちがう、それだけじゃない。あたしの吐く息も、髪型も、しゃべる言葉も、いろんな人を泣かせてきたことも、すべてが悪性の腫瘍となって、こんな事態を招いたんだ。兄さんの結婚はそんな膨大で細かな要因によって、あと約一年ほどで実現されようとしている。その要因の一部分を今さらなかったことにしたって何も変わらないことは明らかだけど、それでもあたしはぷちぷち根気よくこの要因をつぶしていって、最後には何もなかったことにしたい。呼吸の仕方を変える。髪を切る。しゃべり方を変える。どこかにいるいとこを見つけだしてひれふして謝る。簡単なことだ。兄さんの結婚を取りやめにするためにあたしにできることはこんなことだけ。つまらなくて無駄なことかもしれないけど、あたしはやろう。

顔を洗って、居間に行った。いつもなら、パパはとっくの昔に厨房に行って仕込みをしている時間だけど、今日は「新しい家族」がやってくるから、店の仕事は弟子と弓子さんにまかせて、居間でゆったりくつろいでいる。水色のガウンがとてもよく似合ってる。パパはいつだってダンディーでハンサムだ。自慢のパパ。ごつごつした指で、ぽてっとかわいらしいイチゴ大福を作って口に運んでくれるパパ。大好き。でも、兄さんとはちがう。あたしは兄さんを愛しているけど、そのやり方でパパまで愛せない。

「おはよう、麻紀」

パパは新聞から目を上げて言う。その職人らしい、優しいけれど小豆のひとつぶひとつぶをていねいに検分するのと同じような視線が、今朝はあたしの顔を青ざめさせる。

「おはよう、パパ」

「麻紀、朝ご飯を食べたらすぐにきちんとした恰好に着替えるように」

「どうして？」

「どうしてって、お前、カズの彼女が来るからじゃないか」

「彼女じゃない、婚約者でしょ？　それに来るのは一時だよ、まだ九時じゃないの」

「あ、そうだ、婚約者。まあ、なんでもいいじゃないか」

「なんでもよくない」

「なんでだ」

「パパ」

「うん？」

「パパ！」

「うん？」

「パパ!!　ねえ、まだわからないの？　いちばんわかっていなくちゃいけない人なのに、どうしてわからないの？　だってそうじゃない、ただの彼女じゃないから、うちはこないだからこんなにたいへんな、ありえない、みんないっきに死んじゃいそうな大恐慌におちいってるんじゃない！」

パパはおどろいて、新聞をテーブルの上に置いた。あたしは泣いていた。

「大恐慌って、うちがか？　みんな死んじゃうって、うちのみんながか？」

台所から、ママが焼いたハムをフライパンごと運んできた。フライパンの上でじゅうじゅう音を立てている、茶色い泡になった熱い油が、テーブルクロスにはねた。

「麻紀、どうしたの」

ママはパパの顔を少しにらんで、あたしの横に駆けよった。そしてミトンをはめた手で、背中をさすってくれた。あたしは歯を食いしばって、泣きつづけた。

「麻紀、麻紀、どうしたの。何があったの。パパ。いったいどうしたの」

「パパが言いまちがえたんだ。カズの婚約者のことを、カズの彼女だと言ったから、麻紀は泣いてるんだ……」

パパはあまりに単純だった。自らの責任のもとにあたしを作った張本人なのに、あたしを上手に守ってはくれない。あたしは半分パパでできている自分の体を呪った。そもそもパパとママの子どもとして生まれてきてしまったから、こんなことになってしまったのだ。隣の豆腐屋一家や、めぐちゃんちに生まれていたら、あたしはふつうに兄さんを愛せたはずなのだ。

「麻紀、何があったの。それだけが理由じゃないでしょう。もっと何か、悲しいことがあったんじゃないの」

「いや、でもそうなんだ。パパが婚約者と言わなかったのが、麻紀は悲しかったんだ。な、そうだろう、麻紀。悪かった、許してくれ」

「やあねパパ、そんなことで、麻紀が泣くもんですか」

「でも実際そうなんだ。そうだろう麻紀、涙をふきなさい。大恐慌なんて、そんなものはパパがハムと一緒にくってやるぞ。ほら、何か言いたいことがあるなら言いなさい」

「そしたら言う」

あたしはしゃくりあげながら、すべてを告白するために、息をすうっと吸った。

「あたしは……あたしと兄さんは……」

「言わなくていいわ」

さえぎったのはママだった。あたしは気管につばが入ってしまって、むせた。

「麻紀、何も言わなくていいわ。あなたは悪くない。もう一回顔を洗ってきなさい」

ママはあたしの両腕をつかんで、障子を窓枠からはずすように、居間から廊下へ押しやった。

閉ざされたドアの前で、あたしはごほごほむせながら、ひとりで突っ立っていた。

どうして急に、あたしは許されたんだろう？　わからない。ただ、ママの顔はひどかった。テストで平均点以下の点数をとったときだって、高校時代に髪を緑色に染めたときだって、あんな顔はしなかった。寝ているあいだにママの髪の毛をぜんぶ剃《そ》ってしまったって、あんな顔はしないだろう。ママがどうしてそんな顔を見せたのか、あたしは本当にわからない。ドアの向こうでは、物音ひとつしなかった。パパもママも、じっと息をひそめて、あたしの出方をうかがっているんだろうか。せきが止まるのを待っているんだろうか。そのときなぜだか、作業用の白衣を着たパパとママがドアの向こうに並んで立っている姿が思いうかんだ。パパの手のひらには白い平たいお餅があって、ママの手のひらには小さく丸めた餡こが載っている。あたしははっとした。二人は何もかも知っているんじゃないかと思った。あたしたちの大福に現れたまちがった味を、二人はとっくの昔から知っていて、職人とその妻の繊細な手つきでそれを排出して、どっさり用意してあるおいしい餡やお餅で、ちょこちょこ修復してきたんじゃないのか。

二階のドアが開く音がして、兄さんが降りてきた。まだブルーのチェックのパジャマ姿だった。頭にはまぬけな寝癖がついている。あまりにいつもと同じだったから、あたしの両目には再び涙が浮かんだ。まちがった味なんか、もうどうだっていい。確かなことは、こんな朝が、無尽蔵にあると思っていたこんな朝の風景が、もうすぐなくなってしまうということだ。パパとママがどっさり用意してくれた餡もお餅も、花嫁にかじられて兄さんがいなくなったあとを埋めるほどの量なんか、あるわけない。

「麻紀、どうしたの」

階段の下から三段目で立ちどまった兄さんに、あたしはたまらず抱きついた。

誰が何を知っているのか、誰が何に注意を払っているのか、誰が何を禁じているのか、もうどうだっていい。あたしはごしごしとパジャマの胸元に濡れた顔を押しつけた。兄さんはじっとそこに立っていて、両手はだらしなく体の横にぶらさがったままだった。そしていつまでたっても、あたしの背中を抱こうとはしなかった。あたしは絶望を味わった。絶望はさわやかに甘かった。新鮮なイチゴと同じ味がした。まちがった味なんかしなかった。

閉じたドアの向こうからは、あいかわらず物音ひとつ聞こえてこない。パパもママも、聞きたいなら聞けばいい、見たいなら見ればいい。あたしたちは同じ大福のなかにいるのだ。

「麻紀、トイレ行きたいから、どいて」

あたしはいやいやいやと首を振る。

「すごく行きたいんだ。もらしちゃうよ」

あたしは兄さんをかき抱く力を強める。

「麻紀、勘弁してくれ。もうだめだ」

兄さんはあたしの体を引きはがして、脇にのけて、トイレのドアに向かう。あたしはそれを追いかける。目の前でドアが閉まる。長いおしっこがじょろじょろ便器に流れる音がする。

「兄さん」

あたしはドアに唇を押しつけて言った。

「ああ？」

「兄さん、早く出てきて」

「今出るよ」

「早く。今すぐ」

水が流れる音がして、頭をかきながら兄さんは出てきた。あたしはその手をひっぱって、体ごと玄関の脇の和室に押しこむ。昨日張り替えたばかりの、粉っぽい障子糊のにおいがする。

「なんだよ麻紀。秘密の話？」

「兄さん、今すぐ、この家を出よう」

「はあ？　なんだ、何ごっこ？」

「ごっこじゃないの。本気なの。この家にいたら、兄さんもあたしも本当の自分じゃいられない」

「何言ってるんだ、俺はいつだって本当の自分だよ」

「結婚もぜんぶやめにして、あたしと一緒に暮らそう。あたし大学もやめたっていい。働いてもいい。とにかく、この結婚はなかったことにするの。それであたしと一緒に、二人きりで暮らすの、パパとママがわかってくれるまで。そしてそのあと、またこの家に戻って、四人で暮らすの」

「麻紀、ばかなこと言うのもいい加減にしろよ。お前、どうかしてるよ。どうしちゃったんだよ」

「兄さん、わからない？」

あたしはここで、意味ありげに黙った。兄さんの目元には目やにがついていた。あたしはその目やにをとって、自分の目玉に塗りたくりたくて、手を伸ばす。兄さんはその手をさっと振りはらう。

「ああ、わからないね」

「おお、言えよ」

「じゃあ言うわ」

「あたしたちは……あたしたちは……」

あたしは息を止める。兄さんの目をじっと見る。

「愛しあってるの」

兄さんは動かなかった。それから何も聞かなかったみたいに、まるでそこにあたしなんていないみたいに、部屋を出ていった。

「兄さん！」

あたしは追いかけてその腕をとった。兄さんは上半身を激しく揺すって、あたしを廊下に叩きつけた。叩きつけられる瞬間、あたしは反射的に口をきつく閉じたから、頬の裏の肉をちょっと噛んでしまった。

兄さんは、そんなあたしをつめたく見おろしている。

「麻紀、ちょっと前からうすうす思ってたけど、お前は本当にどうかしている。とてもはたちの女の頭じゃない。母さんに言って、どこかに連れていってもらうといい」

「兄さん」

「しばらく口をきくのはよそう」

兄さんは居間に入っていった。おはよう、と三人が挨拶を交わす声が聞こえた。こんなに声が聞こえるのなら、今の兄さんとの会話だって、ドアの向こうに聞こえていたんだろうか。

あたしはその場に座りこみながら、さっき手に入れた甘い絶望の味を、口の中で再びたぐりよせようとする。イチゴの味は消えて、さびた鉄みたいな苦い血の味がする。

あたしは部屋に戻って、昼まで泣きつづけた。


一時五分前、あたしたちは勢ぞろいして居間にいる。

テーブルの上には、特上のお寿司の桶が三つも並べられている。

パパはこの日のために伊勢丹で買ってきた品のいいシャツに、品のいい深緑色のセーターを重ねて、両手のひらを優しくお腹の上で組んでいた。ママはパパのセーターよりワントーン明るいカシミアのカーディガンを着て、髪の毛も、あまり仰々しくならないように、でも丁寧に結いあげている。お店に出るときよりも薄化粧のママは、きれいだった。このママが参観日で教室の後ろに並ぶたび、誇らしい気持ちになったのを少し思い出した。

そしてあたしもまた、この日のために伊勢丹で買ってもらったツイードのワンピースを着ている。四角くあいた襟元にくるみボタンが並んだ、クラシックな、黒いワンピース。胸元には小さな十字架のネックレスを垂らし、髪の毛は後ろでひとつにまとめて絹のスカーフを結び、薄くて黒い靴下をはいている。あたしはそんな洋装をしていても、自分がこのうえなく上品に、和菓子屋の娘らしく、おしとやかにたおやかに見えることを知っている。そればかりは、あたしの手柄じゃない。パパとママと、この家がかもしだす空気を毎日吸って生きてきたから、こうなった。

そして兄さんだけが、いつもの休日の恰好をしていた。背中に「32」と大きく数字が入ったスウェットパーカーに、自分で穴を開けてかっこよくしたつもりのジーンズ。いったい何が「32」だっていうんだろう？　兄さんは場ちがいだった。ふさわしくなかった。あたしは、このときになって初めてわかった気がした。兄さんはあたしたちの側じゃない。あたしたち家族を裁くのは、婚約者じゃない。兄さんだ。兄さんはジャッジする側なのだ。婚約者と一緒にギルティとノット・ギルティのカードを持って、にやにやしながらあたしたちの青ざめた顔を眺める役目だったのだ。障子張りを手伝わなかったのも、あたしの嘆願をあんな冷淡なやり方で拒否したのも当然だった。あたしは初めて、兄さんを憎めそうだった。

兄さんはジャッジの威厳に似つかわしくない、呆《ほう》けたような、そしてときどき不安気な顔で、何度も携帯電話を開いている。あたしのほうには一瞥《いちべつ》もくれない。ワンピースを褒めもしない。ふざけてスカーフをひっぱりもしない。携帯が開くときの、ぱかっ、ぱかっ、という音だけが、パパとママの雑談のあいまに聞こえる。

二人は、何かお店のことを話している。弓子さんのシフトがどうとか、配達の件数がどうとか、隣のお豆腐屋さんはこのごろ……とか、とにかく、今しなくてもいいような話を。聞いていると、ママは弓子さんにもやっぱりあとで挨拶をしてもらったほうがいいんじゃないか、なんて、珍しく頓狂なことを言っている。なんであたしたち家族の問題に弓子さんまでが巻きこまれるのか。あたしたち家族は、あたしたちだけで家族なんじゃないのか。そうだ、たったの一ヶ月前までは、あたしたちはあんなにも幸福な、優しい家族だったのに……。

ぱかっ、ぱかっ、という音が、耳のなかで大きくなる。あと何回、この音を聞いたらその人はやってくるんだろう。彼女は近づいている。あたしがこうしておとなしくワンピースに体を包み、黒い靴下で床をすり、スカーフを結びなおし、兄さんを見つめているあいだに。花嫁はもうすぐここにやってくる。

ピーンポーン、とチャイムが鳴った。

パパとママと兄さんは顔を見合わせると、号令がかかったみたいに立ちあがり、一列で玄関に向かった。

あたしは一人、台所に行ってテーブルの上のタッパーを開け、大福をかじる。白い粉で口の周りを汚す。ワンピースの胸元にも、白い粉を飛びちらせる。
いらっしゃい、と、いつものまっとうなママの声が聞こえてきた。

愛が生まれた日

家の人たちが暗い。

日曜からずっと暗い。

でも俺は気にせず出勤する。

出勤はいい。朝日はいい。満員電車の人の荒波のなかにかっこいい女やかわいい女を見つけてそっと見つめたりじっと見つめたりするのは楽しい。電車を降りてまた人の波に流されていると、あっというまに会社のビルに着く。歩きながら居眠りしてたって着く。エントランスの吹き抜けにあるでっかい時計塔を見上げると計ったように八時半ぴったりで、俺は満足する。エレベーターに乗りこんで、十五階で降りて、社員証のバーコードをドアの機械にかざして「ピピッピー……**ガチャ**ッ」を聞くのも好きだな、すごく。ピピッピーのところでちょっとどきどきして、**ガチ**ャッのところで安心する。機械は毎朝その音を鳴らして俺のためにドアを解錠する。ＯＫです、お入りください、と、緑色にチカチカ光って合図する。いいよなあこの機械。俺は毎朝歓迎されている。この瞬間が俺の一日でもっとも輝いている瞬間だ。

チョコレート色のドアを開けて入ると、マルセロ製菓のオフィスが広がっている。入ってすぐ右には、新商品の菓子のサンプル品やら手のひらサイズのマルセロ君人形やらが段ボール箱からあふれて山積みになっている。こういうものは一ヶ月ごとに、受付カウンターから受付嬢の手でここに片づけられてくる。一ヶ月に一商品どころじゃない、うちの会社は毎月十も二十も新しい商品を世に送り出している。新しい名前がついた、新しい菓子。今まで存在してなかった菓子。俺たちはこうやって次々と未知なる嗜好品を発売することでこの世の価値を広げている。そのことに胸を張ろうじゃないか。俺はオフィスを見まわした。まだ人は少ない。段ボールに手を突っこんで、サンプル品の小袋をがさっとつかむ。ついでに見たことのない赤白エプロン姿のマルセロ君携帯ストラップも。うちは和菓子屋だが家の人たちはみんなチョコとかクッキーのたぐいが大好きなのだ。俺がこの菓子メーカーに就職したときは、みんな喜んでくれた。特に麻紀が。麻紀が……。

麻紀のことを思い出すと、まったく朝から気が重いぜ。

俺は昨日もこの段ボールからサンプル品を持ちかえったのだが、いつもみたいに玄関に置きっぱなしにしておいても誰もそれを居間のテーブルに持っていかないから、仕方なく自分で回収して、テーブルの上の菓子籠《かご》にきれいに並べておいた。父さんと母さんは食べたが麻紀は頑として食べなかった。が、そのうち好奇心と口寂しさに負けてきっと食べるに違いない。

自分のデスクにカバンを置いて、端に設置してあるラックにコートを掛けにいった。コート掛けの前には銀色のブラシみたいなやつを持った風間さんがいて、俺を見て「あっ」という顔をする。

「おはようございます」

俺のほうから挨拶すると、風間さんはおはよう、と言って、ブラシをコートのポケットに入れた。

「なんですか、それ」

俺が聞くと、風間さんはポケットからブラシを取りだし、「毛玉取り」と答えた。

「若松君のも、やってあげようか」

俺は、ドキンとした。

風間さんは「いいっす」と言う俺のコートを無理やりハンガーに掛けて、そのブラシでウール地の表面をこすりはじめた。風間さんは、もう四十代半ばのおばさんで、年のわりに若いとか言われるタイプじゃないくせに、やることなすこと、俺には何か意味ありげに見える。

風間さんの毛玉取りが一段落するのを見届けてから、俺は礼を言ってデスクに戻った。

さあ、これからまた新しい一日が始まる。

その前に、俺はトイレに行って、通勤のあいだに乱れた髪型を整える。そこにコートを着た小島が入ってくる。「おお、おはよう」と、俺たちは朝の挨拶を言いあう。小島は手洗い場の前に立っている俺にカバンを持たせ、便器に向かった。

「お前さ」

小島はチャックを下ろしながら言う。

「なんだ」

「今度婚約者に会わせてくれよ」

「ああ、いいよ」

「美人なんだろうな」

「それなりにな」

「麻紀ちゃんと、どっちが美人だ」

そんなことを小島が聞くのは、麻紀を気に入っているからだ。これまで三回会わせたが、会わせるごとに気に入っている。

「なあ、どっちが美人だよ」

小便をすませた小島は手洗い場の前に立って、右手だけをちょろっと水道の水に濡らした。そして濡れたままの手で俺に持たせたカバンを取りかえした。そのはずみにスーツに飛び散った水滴を、俺は千鳥格子のハンカチで拭いた。

「なあなあ、どっちが美人なんだよ」

「さあ……」

俺は、小島のなかの麻紀のイメージを崇高に保つために、もったいぶって「うん……より自然な美しさという意味では……麻紀かな」と言ってやる。

でも本当のことを言えば、それはやっぱり麻紀だ。自然とか小島のイメージうんぬんかんぬんを抜きにしても、そりゃあ麻紀のほうが美人だ。さらに言えば麻紀は賢いしかわいい。しかし麻紀のことを考えると俺はどうしても気が重い。

「なんだ、そうか。そりゃそうだよな、麻紀ちゃんほどの美人なんか、なかなかいないもんな。いたとしてもなんか落とし穴があるはずだよな。でもお前の彼女、麻紀ちゃんほどじゃないにしろ、美人には違いないんだろ。さあさあ、けちらずに会わせてくれよ」

「けちってないよ。全然。いつにする？」

「金曜は？」

「金曜……急だな。でも俺はいいよ。聞いてみるよ」

「彼女、なんていう名前だ？」

「富子」

そう、もうすぐ俺の妻になる俺の婚約者は、富子という。

富子はいい。富子はすばらしい。富子は俺の朝だ。富子といると、俺は歓迎されていることを感じる。俺が見つめると、富子の目はチカチカ光りだして、あなたはOKです、どうぞお入りください、あなたはOKです、お入りくださいと、一心不乱に合図をしてくれる。

だから俺は富子と世界を分かちあうことに決めた。


始まりは、後輩の万田に誘われて行った飲み会だった。

俺は当時、客室乗務員の彼女を振ったばっかりで、傷心していた。振ったのに傷心するなんてまったく図々しいよなあ。でもそうだった。俺は本当に傷ついていた。自分が悪者になったから。俺はいつでもいい人でいたいんだ。

小島なんかは、それができないらしい。別れるのなら女の子のほうから言ってほしいそうだ。愛情がなくなった女の子へのせめてもの礼儀として、「どうしようもなくバカでメメしい男をこっちから振ってやった」と言える快感を、プレゼントしてあげたいそうだ。だから、別れたくても我慢する。態度で示して向こうに言わせる。どうやったって別れ話になる一歩手前でわざと無口になる。相手は、いらいらするだろうなあ。もし、もしだけど、麻紀が小島と付きあったら、そして麻紀の前で小島がそんな態度を見せたら、麻紀は即やつを見下しきって、やつ以上に冷酷な態度を見せて、「お願いですから別れてください」って相手が降参して頭を下げるまで、ねちねちと闘いを長引かせることだろう。麻紀は振られて勝利することができる女に違いない。とにかく、気持ちが冷めた相手にたいして向こうから別れを切りだすのを待ってるなんて、それは礼儀かもしれないが誠実さとは違うだろう。まあ、誠実さを伴わない礼儀もありはありだと思うが、俺たちはわりと、何事においても、誠実さを追求する兄妹なんだ。

しかしこういう場合、みんなどうしてるんだろうなあ。つまり、相手が自分を好きなのに自分がもう相手を好きじゃなくなっちゃったという場合は。でもこの前提だって、怪しいよな。相手も俺のこと、もうそんなに好きじゃなかったかもしれないしな。俺はずっと昔からそんなのの繰り返しだったもんなあ。

ということで、俺はそのときも後輩の万田に誘われるままその飲み会に行った。

もちろん、かわいい子がいればちょっと仲良くなろうというつもりで。

大学時代アメフトをやっていたという万田は俺とはまた違った種類のいい男なので、正直、期待はしていた。男のほうは俺と万田とあともう一人、これは万田の同級生か後輩かよくわかんなかったが、万田とそっくりのガタイのいい日焼けしたスポーツマンタイプのやつで、女の子も同じく三人だった。女の子たちはなんだかそれぞれ都合があって、時間帯によって二人になったり四人になったりした。四人になったとき、俺はそのうち俺からいちばん遠いところに腰かけてた女の顔に目を留めた。

女は長い髪を顔の両脇に垂らして、細い目をぼんやり注文用のボタンに向けていた。そして一冊しかないメニューの本をテーブルの端に縦に置いて、それを首をかしげて見ながらああだこうだ言っている全員に向かって、一つ提案した。

「とりあえずからあげかなんか、頼みますか?」

誰も聞いてなかった。でも瞬間、俺はこいつを知っていると思った。俺はこの女をよく、とてもとてもよく知っている、この女の生まれ方もそれからの成長過程もこの女以上によく知っている。という気がした。これが運命というものなのだろうか? 俺はうっかり何か偉大なやつからの啓示を受けたように思いかけたが、よくよく見たらそうじゃなかった。俺は、普通にそいつを知っていた。神秘的な意味じゃなくて、前に会ったことがあった。

「富ちゃん?」

俺がそう呼ぶと、テーブルの対角線上から、富子は恥ずかしげに微笑《ほほえ》んだ。その微笑みで、彼女もまた俺のことに気づいていたんだと知った。おそらく、俺が彼女に気づく前から。おそらく、彼女がその飲み屋に入ってきたときから。

いきなり名前を呼んでテーブルの端と端から微笑みを交わすという離れ業をやってのけた俺たちを、他のやつらはまったく気にしていなかった。でも、俺たちの邂逅《かいこう》はその瞬間から俺たちにとってその場のすべてになった。富子は俺に微笑んだまま店員を呼ぶボタンを押した。

「手羽先餃子、二皿頼もうか。あと、この、鶏団子のちゃんこ鍋と、茄子《なす》の一本づけと……」

富子の向かいに座った万田が注文しているあいだも、俺たちは見つめあっていた。しかし注文が終われば二人はまた視線をはずして、元の話し相手とそれぞれに中断されていた話を再開した。

俺は前の席に座っていたわりかし美人の女の子と気が合うなと思っていて、ずっとぺちゃくちゃ喋《しゃべ》ってたが、心は常に富子にあった。富子も富子で、万田と仲良く喋っていた。俺はそれを悔しく思った。つまり富子は昔よりずっときれいになっていた。

時間が来ると俺たちは二次会に移動して、電話番号を交換しあって、駅の前で解散した。俺と富子は最初から二人でやってきたように同じ電車に乗り、同じ駅で降り、明け方の五時までやってる小さいバーに寄って、昔のことをいろいろ話した。次の週から俺たちはデートするようになった。そして十回目くらいのデートで本格的に付きあうことに決めた。

付きあいだして一ヶ月くらい経ったころ、万田と万田の彼女と俺と富子で二泊三日の韓国旅行に行った。そこで俺はプロポーズした。万田の彼女が「地元の子が、ここがすごいおすすめなんだって」と下調べしてきた、ソウルの街の汚い片隅にある健康ランドみたいなところだった。そこのハンジュンマクのなか、二人でズタ袋みたいなのをかぶって並んで蒸されているとき、俺はどうしてか最高にロマンチックな気持ちになってしまって、二人でこの狭い暗がりのなかに閉じこもってそれぞれに汗をかいているこの瞬間こそが人生で最良の瞬間だと思ってしまって、気づいたら「富子、結婚しよう」と言っていた。それは、申し出じゃなくて、一つの新しい感情みたいだった。富子もおそらく、もうこれは感情みたいだと思って、「結婚？　いいよ」と答えてくれたんだと思う。

それから俺たちはそれぞれ自分の問題として自分の体に汗をかきまくり、老廃物を流した。

何もかもいい具合だった。

俺たちの婚約はこれだけで成立した。再会してまだ三ヶ月も経っていなかったが、俺たちはこの関係にちゃんと納得してて、幸せだった。

でも一つだけ問題があった。

それは富子が、俺のいとこだってことだ。


仕事帰り、俺は富子に電話した。富子は電話に出なかったけど、すぐに折りかえしてきた。

「何？」

電話で聞く富子の声は、直に聞くより調子がきつい。本当はもっと優しい女なのに、電話だといつもシャカシャカしている。

「金曜、暇？」

「金曜？　なんで？」

「友達が飲もうって」

「友達って誰」

「会社のやつ。富子に会いたいって」

「へえ……金曜……うん、たぶん大丈夫だと思う。八時過ぎると思うけどいい？」

「いいよ、じゃあ八時な。場所決まったらまた連絡するよ。ところで今日は、仕事終わった？」

「今出るところ」

「そうなの？　じゃあ飯食おうぜ。俺、今から新宿行くよ」

「ううん、今日はマリンバのお稽古があるからだめ」

「マリンバ何時からだよ」

「八時半から」

「でもちょっとは会えるだろ。指輪見に行こう」

「いいけど、ほんとちょっとよ」

俺たちは三越のティファニーで待ちあわせた。俺が行くと富子はもう先に着いていて、指輪じゃなくてネックレスを見ていた。

俺はほんの少しだけ、遠くから富子を眺めた。俺の婚約者・富子は黒いコートを着て、襟元に茶色いフワフワを巻いている。黒の長いブーツをはいている。そして手には韓国で買ったヴィトンのバッグを持っている。俺の婚約者・富子はつまりはどこにでもいるような女だ。きれいはきれいだがそれは十人並みのきれいさで、新宿の雑踏で男たちを振りむかせるたぐいの女じゃあ、けっしてない。でも他でもない、この富子だけが俺と永遠の愛を誓った女であり、その誓いが永遠であることは、俺と出会う一年半も前から毎週水曜日には何があろうと欠かさずマリンバ教室に行き稽古に励むその律儀さですでに証明済みのことだ。

心に「俺の婚約者」と呟いてから「富子!」と声をかけると、富子は振りむいて「おつかれさま」と微笑んだ。それから俺たちは腕を組んで、キラキラ光る指輪を二人で見てまわった。「何かお探しですか?」と申しでたガラスケースの向こう側の店員に俺は「はい、婚約指輪を探していますす」と馬鹿正直に言って、店員をその気にさせた。稽古に行くのだから、もう駅に向かわなくてはいけない時間だった。俺は店員に軽く詫《わ》びて、店を出た。

歩きながら、富子は言った。

「ごめんね、わざわざ来てくれて」

「いいよ。ちょっと顔見たかったから」

「ありがと。来月発表会があるの。わたし一人じゃなくて、先生も他の生徒さんも来て、六重奏なんだよ。マリンバ六台って、和俊君見たことないでしょう。すごい迫力なんだから。来てね」

「ああ、行くよ」

「それで、金曜だっけ?」

「うん、金曜。急で悪いな。でも友達がどうしても富子に会いたいって言うから。場所と時間決まったら、連絡するよ」

「そう……わかった。じゃあね」

稽古場は高田馬場にあった。富子はさっとJRの改札を通って早足で歩いていった。それでこそ去りぎわのいい俺の婚約者・富子だ。一人で残された俺は、もと来た道を引き返して、三越を通り過ぎマルイを通り過ぎ横断歩道を渡る。

行きつけと言えるほど通ってはいないが、だいたい顔は覚えられている二丁目のバー「しずく」に俺は向かっていた。ここには、小島と年に二、三回、来る。最後に来たのは、半月くらい前だろうか。でも一人で来るのは今日が初めてだった。

小さいドアを押して店のなかに入ると、マスターのきょうちゃんが「アラッ」とホームベース形の顔をしかめた。七席しかないカウンター席には、端っこに少し年のいった女の二人組と、その逆の端に若いカップルが座っていた。男のほうは、長い髪をドレッドにして後ろで一つに結んでいて、女のほうは坊主みたいな短髪に、下着みたいなキャミソール姿で座っていた。二人ともきっとアーティストなんだろう。

「どうも」と言って、俺は真ん中の席に腰かけた。

「ご無沙汰じゃないの」

きょうちゃんは口をすぼめて言った。正式になんていう服なのか知らないが、今日も旅館の仲居が着るみたいな渋い色の和服を着ていて、書きぞめするときみたいなタスキをかけて袖をたくしあげていて、耳にはでっかい四角いピアスをしている。隣では、見ない顔の人がにこにこしている。

「今日、けんちゃんはどうしたの？」

「別のとこにお手伝いに行ってるの。これ、みいこよ。初めてよね？」

ほとんど赤毛のような茶髪を腰まで伸ばしたみいこさんは、しゃがれた声で「初めまして、みぃこです」と言った。声からして、たぶん、女の人みたいだった。

きょうちゃんがカウンターから出てきて、俺のコートを預かってくれた。俺はふと思いついて、ポケットのなかのサンプル菓子を、「これ、お土産」と、マルセロ君ストラップ以外ぜんぶ渡してしまう。

「ま、ありがとう。新しいお菓子？　若ちゃん来たの知ったら、けんちゃんが悔しがるわね」

きょうちゃんは後ろの棚から俺と小島がキープしているジンロの瓶を取りだして、テーブルに置いた。緑茶割りを飲みながら、俺はきょうちゃんに最近の店の具合を聞き、ここにはいない小島の近況などを話した。会話がちょっと途切れたところで、右隣にいる女の二人組がきょうちゃんに話しかけた。入ろうと思えば会話に入れてくれそうな雰囲気だったが、俺は前にいるみいこさんと話すことにした。

「みいこさん、いつからここに入ったんですか」

「そうねえ、うーんと、半年前くらいかしら」

「えっ、そうなんですか。俺、ちょうどそのころ来たけど、そのときはけんじ君でしたよ」

「あっそう？　あたし、来たり来なかったりするから。でも最近はだいたい毎日いるわよ」

「へえ……」

俺は、言うことがなくなって沈黙する。緑茶割りはなんだかべロにピンと来なかった。第一俺は腹がすいている。できればレーズンとか柿の種じゃなくて、チャーハンとか、腹にたまるものを食いたい。それならばどうして家に帰らないのか。答えは簡単だ。それは今家の人たちが暗いからだ。俺はやっぱり気にしてるのかもしれない。

「いつも一人で来るの？」

「え、俺ですか？　いえ、いつもは友達と来ます。一人で来たの、今日が初めてです」

「あらまあ、そうなの」

俺は目の前に置かれたジンロの緑色の瓶を眺めた。

前に来たとき新しく入れたこの瓶には、白いマジックペンで俺と小島の名前が書いてあった。並んで書かれた二つの名前は、結婚する二人の誓い書きみたいだった。でも結婚するのは俺と小島じゃない、俺と富子だ。俺は瓶を半回転させて二人の名前を見えなくした。するとそのかわりに「紀子を一生愛する!!　ＦＯＲＥＶＥＲ」の一文が目に飛びこんできた。これは、まぎれもない俺の字だ。すげえな、俺は半年前、紀子を一生愛するＦＯＲＥＶＥＲってこんな酒瓶にも書いちゃうほど、紀子を愛していたんだな。あいつは今でも羽田高松間とか羽田南紀白浜間とかを一日何往復もして、ぬるいコンソメスープなんかを客に勧めて金をとってるんだろうな……。

俺はみいこさんに頼んで白いペンを貸してもらい、紀子の紀の字を白く塗って「富」の字を横に書きたした。いや、でも俺が紀子を愛していたのもまた事実なんだから、こんなのは紀子にも富子にも、加えて俺の歴史にたいしても失礼だろう。そして直し方を間違ってしまった以上、俺はこの瓶を空にするまでここを去ることはできないだろう。

「富……子さん？　今の彼女、富子さんて言うの？」

みいこさんが首をへんな角度に折りまげて、瓶に書かれた字を読んだ。俺ははっとして、「彼女じゃありません。婚約者です」と言っていた。なぜだか知らないがそんなことを言っていた。

「あらまあ、結婚するの。ねえ、きょうちゃん、若さん富子さんって人と結婚するんですってよ」

するとそれまでカウンターに唾を飛ばすような勢いで喋っていた隣の女二人組ときょうちゃんが一斉にこっちを向き、「まあっ」と拍手を送ってくれた。きょうちゃんはいそいそとカウンターから出てきて、空いている俺と女のあいだの席に座って俺の太ももを撫でながら、かわいく口をとんがらせて言った。

「若、何よ、そんなにあっさり結婚しちゃうのお？　若ちゃんならそんなにあせらなくったって、もっと遊んでからだって、選びほうだいじゃないの」

俺は「やめてよきょうちゃん」と身をよじって太ももの手を払い、ハハハッと笑った。きょうちゃんの隣の女も、「そうよ、もったいないわねえ」と首を伸ばして言った。

「ねえ、富子さんて、どんな人なの？」

みいこさんが俺の前にハムの盛りあわせを出してくれながら聞く。

「ええと、まあ、ふつうの人です」

「ふつうの人ってわけないでしょう。なんかあるでしょう。何してる人？　どこで知りあったの？」

「いや、ほんとにごくふつうの会社員で、ふつうに飲み会で知りあったんです」

「フーン、そうなんだ、ほんとにふつうなんだ。で、いつ結婚するの？」

「秋です。来年の九月くらい」

「へえ、ずいぶん先なのねえ。もう、家にご挨拶とか行ったわけ？」

「はあ、向こうの家には行ってないですけど、うちにはもう……」

言いながら、俺はまたこのあいだの日曜を思い出して、くらーい気持ちになった。

「どうだった？　みんな、いい感じだった？」

「はあ……それが、うちの人には富子はちょっと衝撃が強すぎたみたいで……」

「えっどうして？　富子さん、ふつうの人なんでしょ」

「いとこ同士なんですよ、富子と俺。それ、家族に事前に言ってなかったんです」

ええっ、と四人は声をあげた。俺の左隣のアーティストたちは、さっきからレーズンを食べさせあってはいろんな種類のキスをしている。

「ねえ、いとこ同士って、結婚できるの？」

「ええ、できますよ」

「そうよね、法的には問題ないのよね」

そう言って、二人組の遠いほうに座っている女は、いとこ同士で結婚した有名な歴史上の夫婦や政治家夫婦や俳優夫婦の名を挙げはじめた。俺は、俺と富子の結婚も、そうやってのちの時代の誰かのために、一例として挙げられたらいいな、と思った。

「ねえ、でもどうして言わなかったの？　お父さんたちはそりゃびっくりするわよねえ、自分の子どもが自分の姪か甥と結婚するって知ったらね。あんたらいつのまにって思うわよねえ」

俺は「ですよね」と、へらへら笑った。

でも、確かに。俺はどうして、そんな大事なことを、黙ってたんだろう。

俺の家は昔からオープンで、今まで俺が付きあった女の子はだいたい家に招いて、みんなでご飯を食べたりしてきた。でも富子の場合は、できなかった。俺にも慎みの心があるんだということを俺はそれで改めて知った。そうだ、俺は慎んでいたのだ。いとこと付きあうことが、悪いわけじゃない。でも富子の場合は話がちょっと別だ。

俺が中学に上がった年くらいから、恵子おばさんと富子と妹の翔子ちゃんは、夏休みの二、三日、うちに滞在するようになった。母さんなんか、その数日のためにケーキを焼いたり布団を新調したりして、けっこうはりきっていた。富子たち三人も来たら来たで、こっちが恐縮しない程度にはくつろぐけれどもやっぱりそれなりに遠慮して、我が家にいるような図々しい振る舞いはしなかったし、風呂も三人まとめて一気につかっていた。

でも、この母子三人が家にいるあいだ、うちは明らかにへんだった。もともと三人を招いた当人であるはずの父さんはいつもより無口で、母さんは逆にいつもよりよく喋り、麻紀はこの三人の滞在中に必ず一回は腹をこわした。そして俺は、この三人が家にいるあいだは、家のなかにいきなりでかい岩石が持ちこまれたような不便さを感じていた。何をするにも遠回りだという気がした。実際三人の体はでっかかったしな。それに第一、この家族の父親はどこで何をしているのか。母さんにそれとなく聞いても教えてくれなかった。親戚付きあいのないうちの家系で、唯一うちを訪ねてくるのがこの叔母一家だった。俺の小さいころには、おばさんの旦那のナントカおじさんも来ていたみたいだが、この夏休みの訪問は、決まって母子三人だけだった。まもなくおばさん夫婦は離婚してしまったそうだから、今では俺はもう、そのナントカおじさんの顔さえ覚えていない。

なんにせよ、当時の俺は、はっきり言ってこの三人組を快くは思っていなかった。ただでさえうっとうしいこの真夏の時期にお世話になってごめんなさいネでもわたしたちは親類なんだから。夕飯の前とかトイレから出てきたあとに恵子おばさんが浮かべる微笑みが俺には不気味だったし、その微笑みの縮小版を正確に習得しつつある上の娘もまた不気味だった。オレンジとたくあんが混ざったみたいな制汗剤の匂いをプンプンさせて、おばさんとあまりにそっくりな、ふとった富子のニキビ顔を見ていると、俺はときどき、ウッと吐きそうになった。妹のほうはまだよかった。翔子ちゃんはまだ小さくて、オレンジの匂いもたくあんの匂いもついていなくて、ただ口元からアイスとよだれの混じった液を垂らしてそのへんをテタテタ歩いてるだけだったから。おばさんもまあ、大人だから俺の気持ちを察してか、必要最小限にしか口をきかなかった。問題は富子だった。富子はやれ宿題を見てくれだの庭の芝生に落としたキーホルダーを一緒に探してくれだの、何かと俺につきまとった。そのくせ麻紀には異様に冷たかった。俺は当時中学生だったんだから、多少の生意気さとか、まったく魅力のない女に対する軽蔑とかは、持っていたっておかしくはないだろう。いや、持っていてしかるべきだろう。でも俺は悪者になりたくはなかった。だから俺は、富子をソフトに無視するという手段をとった。はっきり言って、俺は富子と富子が発する何かが苦手だった。嫌いと言ってもよかった。でもその上の娘が今、俺の婚約者の富子であるということは、いったいどういうことなんだろう。あのころ抱《いだ》いていた軽蔑なんか、今の富子には向けようがない。富子は昔とはまるで別人だ。いかにも田舎っぽく、ポッチャリというよりズッシリとした量感のあった富子は、やせて、身のこなしもどこかスマートになって、それなりに美しい女に成長していた。あのころのように粘着質な視線で俺を見ることはないし、笑うときは爽やかに笑う。昔の俺の心ない態度を今の富子は一言だって責めたりしないが、うちの家の人間はそうともいかないはずなので、いくら俺でも富子を恋人として父さんや母さんに紹介するのはなんだか気が引けた。今、ご飯のおかずにわさび漬けをバクバク食っている俺を見て、母さんが「あなた、ちっちゃいころは泣くほどそれ嫌ってたのに、今はそんーなにおいしく食べるのね！」と何かに傷つけられたかのように言うたびに俺はほんとにイラつくんだが（だって息子の味覚が一生不変だってことを、どうしてそこまで無垢《むく》に信じられるんだ？）、そういうことを、富子に関して言われるのも嫌だった。

俺がそんなことを考えているあいだに、誰が食ったのか俺の前に置かれたハムはなくなっていて、きょうちゃんの手は俺の太ももの内側にあり、足首は俺の足首にからまり、隣の女二人組は今度はみいこさんと一緒になってそれぞれの結婚観について語っていた。

人の結婚観なんて俺はほんとにどうでもいいんだが、みいこさんが結婚したことがあるのかどうかは気になった。今やっと気づいたが、みいこさんは、わりと俺の好みのタイプだった。

「みいこさんは、結婚したことあるんですか」

「あたし？　あるわよう、昔だけどね」

「離婚したんですか」

「そうよ」

「相手、どんな人だったんですか」

「とんでもないDV夫だったわよう、酒がない料理がまずいってどなっては殴る蹴るで、警察に駆けこんだことだってあるのよ。あんなの生活じゃなかったわ。修行だったわ」

するとそれを受けて、きょうちゃんの隣に座った女が言う。

「ほらね、結婚なんてろくでもないわよ。結婚なんて、わかりやすい安心を手に入れたいがための、見た目に美しいだけのつまんない契約なのよ。あんなの本当は、個人の自由な精神の剝奪よ、憎しみあって馴れあって、鍋にほうりこんだらあとは時間がおいしくしてくれる的なひどい堕落なのよ。結婚するやつなんかね、あのね、このね、柿の種のカスよりね、ちっちゃいやつらなんだから！」

女は皿にいっぱいの柿の種を一つかみ手のひらに握り、大口を開けて、浜辺の砂のようにざーっと喉に流しいれた。そしてきょうちゃんの大きな体の向こうから腕を伸ばし、俺の手をつかんだ。

女は柿の種をばりばり嚙みくだきながら言った。

「ねえ、あたしがここまでこう言ってるのに、あなたどうして結婚するの？　どうして自分の人生を、自分の責任においてまっとうしないの？」

俺は何も言えなかった。

　どうして俺は結婚するんだろう。いや、でもどうして人はそこに理由を問うんだ？　どうしてそこに理由がなくてはいけないんだ？　俺はこの結婚の理由じゃなくて、結果のほうに興味があった。広がっていく、俺と富子との愛の生活に興味があった。

「僕たちは自分の残りの人生を二人で分けあうことに決めたんです。それは自分の人生の責任を相手に押しつけることじゃありません。あげたり引きうけたりするんじゃなくて、僕たちは、分けあうんです。だから理由なんかより、これからの未来を考えるべきじゃないですか」

「そんなの浮かれたドリーマーの言うことよ」

「浮かれたドリーマーだっていいじゃないですか。剝奪したり堕落したりする夢見るより、全然ましじゃないですか」

「あたしのは夢じゃないのよ、現実よ」

「自分の現実を僕に当てはめないでください。そんなこと、あなたが僕でない限り絶対に断言できないんですから。僕、結婚のことをくそみそに言う人たちって、ただのナルシストだと思います。自分の人生を誰かと分かちあうのを怖がってる、弱い人たちだと思います。結婚は勇気なんです。一生相手のことしか愛さないし愛せないっていう、同じくらいの勇気を持つ二人だけができる、奇跡みたいな出来事なんです。人類がずうっと前から続けてきた当たり前の習慣なのに、今になっても一つ一つの結婚が奇跡なんです」

「何よ、あんたほんとに柿の種以下の人間になるつもりなのね。ちょうどいいわ、よく見たらあんたの顔は柿の種にそっくりだわ」

「えっ？」

「ハハハ、そうだ、そっくりだ！　あんたはほんとに柿の種だわ！」

「でも柿の種はおいしいじゃないですか！」

「おいしかないわよ、こんなのただの辛くてちっちゃい雰囲気菓子よ!!」

「ほらほら、あんまり若をいじめない。泣いちゃうわよ」

きょうちゃんにとりなされると、女は急にシュンとして、俺から手を離してうつむいてしまった。俺の手の甲には、彼女の手のひらに残っていた柿の種のカスがまばらについていた。俺はそれを見てものがなしくなった。過去に何かつらいことがあったのなら、俺は彼女の味方になりたい。俺は三十分前に会ったばかりのこの女にも、振られて勝利できる人であってほしい。ただ、柿の種に似ているなんて、それはいくらなんでもひどいんじゃなかろうか。でも彼女のために、そして富子のためにも、俺はそれをいさぎよく受けいれようと思う。

しょげてしまった女のために、みいこさんが気をきかせてカラオケを一曲入れた。「愛が生まれた日」だ。イントロが流れはじめた。きょうちゃんが俺の太ももから手を離し、マイクを持って、もう一つのマイクをテーブルの上に置いた。女はマイクを手にとった。

半分以上残っていたジンロの瓶は隣の女二人組にあげて、俺は店を出た。タクシーで家に着いたのは、二時過ぎだった。

家は静まりかえっていた。でも外から、二階の麻紀の部屋に灯りがついているのは見えた。麻紀とは、このあいだの日曜から、一度も口をきいていない。

あの日以来、麻紀はたいてい部屋に閉じこもっていて、俺とは顔を合わせようとしない。朝も夜も今まではできるかぎり同じ時間に食べていたのに、今は違う。麻紀は俺がいないときに食べる。さすがに、富子のショックが大きすぎたのかもしれない。あの朝には、例の妙な取っ組みあいもあったしな。

今でも俺は、富子がうちに来た日の朝に麻紀から言われたことが、どうも理解できない。何かに憑《つ》かれたみたいに真っ赤な目をして、ここから二人で出ようと訴えてきた麻紀は、やっぱりどこかおかしいんじゃないかと思う。あの麻紀は正気じゃなかった。仮にあれが正気だったとすれば、それもまずいし、どっちにしろまずいことに変わりはなかった。でもそれは、どちらかと言えば俺というより母さんの管轄だ。ああいうことは、女同士でどうにかおさめることができるたぐいのおかしさなんじゃないかなあ。

自分の部屋に入る前、俺は麻紀の部屋の前で立ちどまった。なかから、カタカタとキーボードを叩く音がする。レポートでも書いているんだろうか。

俺はノックをしかけたが、やめた。そのかわり、ポケットのマルセロ君ストラップをノブにかけて、自分の部屋に戻った。


あの日曜日、富子は麻紀に優しかった。

いつのまに食ったのか、大福の片栗粉で口の周りと襟元を白く汚して呆然としている麻紀にたいして、富子は赤ん坊に向けるみたいな笑顔で「麻紀ちゃん、久しぶり」と挨拶してみせた。十年前は、あんなに麻紀に冷淡で、俺にばかり色目をつかっていたあの富子が。

俺はそんな富子を見て、感動した。富子は本当に変わった。年月が経っていた。

それはそのまま、俺たち家族もそれだけの長い年月を共に暮らしたということだった。


次の日、いつもの時間に居間に入ると、ここ数日の習慣として暗い顔をした父さんと母さんがテーブルについていた。俺が入っていくと二人の肩が同時にぴくっと持ちあがるのがわかる。二人は俺にびびってるのだ。そして麻紀はいない。いつまですねてるつもりなのか知らないが、麻紀がいない食卓は今のところ落ち着くと言えば落ち着く。

「昨日、遅かったでしょう……」

トーストした食パンを俺の皿に置きながら、暗い母さんが言った。

「ああ、帰ったの、二時過ぎだったよ。起こしちゃった?」

「ううん、寝てた。わかんなかったわ……」

「あの……その、あの子と、か」

隣で新聞を広げている暗い父さんが言った。

「あの子? 富子のこと?」

「む、ああ、富子……ちゃんとか」

「いや違うよ。富子ともちょっと会ったけど、あとは一人だった」

「そうか……そうか……なんで帰ったんだ?」

「え?」

「だから、その……富子……ちゃん」

「マリンバのお稽古だって」

「マリンバ?」

「木琴だよ。趣味なんだよ」

「ふう、そうか……」

父さんと母さんは目を合わせた。俺はトーストを一気食いして紅茶のカップを空にした。

「待ちなさい」

立ちあがろうとすると、父さんが言った。

「ちょっと、待ちなさい」

俺は浮かせかけた腰を再び椅子に下ろした。

「なんだよ」

「あの、そのな……つまり、富子……ちゃんとのことなんだが」

「さっきから、富子とちゃんとのあいだの何かをよしてくれよ。富子か富子ちゃんかはっきりしてくれよ」

「じゃあ、まあ……富子ちゃんのことなんだがな」

「なんだよ」

「うん……。父さんと母さんで昨日ちょっと話しあったんだ。あの日は、あんまりびっくりしてしまって、父さんも母さんもあんまりいいことが言えなかったからな。カズもカズだぞ。いきなりすぎるじゃないか。まさか連れてくるのが富子ちゃんなんて、父さんも母さんも聞いてなかったぞ」

「だって言ってなかったんだから、当たり前だろ」

「どうして先に言ってくれなかったんだ。今までお前は、付きあった彼女は全員この家に連れてきて父さんにも母さんにも紹介してくれたじゃないか」

「だって、今回ばっかりは、もし別れるようなことがあったときに、なんか気まずいだろ。富子は親戚なんだから。俺にだって、危機管理能力みたいなのはあるんだ」

「それにしてもあんまりだよ。でも、富子ちゃんだって言われなければ、父さんも母さんもわかんなかったかもしれないなあ。富子ちゃん、ずいぶんきれいになったじゃないか。なあ、母さん」

「そうね、母さんも、言われなければ気づかなかったかもしれないわ。ほんとに富子ちゃん、あかぬけちゃって……」

富子がほめられているので俺は気分が良かった。続いて母さんが「カズ、昔はほんっとにあの子に冷たかったのに」と言うまでは。

「そうだよな、カズはどっちかっていうと、あの子を無視してたよな。父さんはちゃんと気づいてたぞ。別にあの子が何したってわけでもないのに、それにあの子はお前に憧れみたいな気持ちを抱いていているようにも見えたのに、お前ってやつは生意気で残酷な男だなあって思って見てたんだぞ。昔はそんなだったのに、どうして今になって急に好きになっちゃったんだ。罪悪感か？　不安か？　反動か？」

「どれでもないよ。ただ俺も富子も人間が変わったってだけだろ」

母さんの口元がわずかにゆがんだ。父さんはゲホッと咳《せき》をして言った。

「まあ、なんでもいいんだけどな。なんでもいいというより、そんなことはどうだっていいんだ。

父さんも母さんも、お前の結婚を喜んでいる。富子ちゃんも昔と違って爽やかないい子だしきれいだ。ただ、ただな、お前と富子ちゃんが結婚するとなると、それはいとこ同士の結婚ということになるが、すると親戚まわりへの説明なんかも必要になってくると思うが、それはそれでわかったうえで決めたんだな？」

「いいよ、やるよ。そんなのなんの問題もないだろ」

「それともう一つだ、今一度ここで確認しておくが、富子ちゃんには、ゆくゆく店を手伝ってもらうことになると思うが、その点も大丈夫だな？」

「それ、こないだの日曜も言ったろ。大丈夫だよ。ちゃんと話してあるし、本人もそのつもりですって言ってただろ。話、それだけ？」

「む、ああ……とりあえず、それだけだ。向こうの家には、来週行くんだっけな？　章一さんのところには。翔子ちゃんは、今高校生かな」

「そうだよ。翔子ちゃんは今年高校入ったそうだよ」

「恵子のところには、俺から連絡したほうがいいか？」

「いや、富子から言うって」

「まあ、それがいいかもしれないな……」

「じゃあ、そういうことで」

俺は席を立とうとした。それをまた父さんが「待ちなさい」と引きとめた。

「なんだよ。遅刻しちゃうよ」

「カズ、その、麻紀のことなんだが……」

父さんは声をひそめて言った。

「ああ、麻紀……」

俺も合わせて声をひそめる。

「麻紀はね、居間に富子ちゃんが入ってきたとき、すぐわかったたって」

それまで黙って聞いていた母さんが、充電完了した機械みたいにいきなりハキハキ喋りだした。

「顔見てすぐに、富子ちゃんだってわかったんですってよ。さすがよね。あれだけ変わってたら、産みの親だってわかんないかもしれないのに。女の子って十代のほんの何年かでほんとに劇的に変わるのね。でもだいたいおんなじ世代を生きてる女の子には、誰がどういうふうに変わるのか、なんかわかるらしいのよね」

おい母さん、と父さんにたしなめられて、母さんはしまったという顔で口を閉じた。かわりに父さんがまたしてもひそひそ声で続けた。

「麻紀、相当ショックだったみたいなんだ。というのも、あいつはお前が大好きだからな」

うん、と俺はうなずく。

「ブラザーコンプレックスっていうやつだろう……」

うん、と俺はうなずく。

「結婚するってだけでも悲惨なところ……」

俺の相槌《あいづち》はうんともうんともつかなくなってくる。

「お前が富子ちゃんなんかをなんの予告もなく連れてくるから、相当参っちゃってるみたいなんだよな」

「やっぱり俺、事前になんか言っとくべきだったかな。みんながびっくりするような人を連れてくるよくらいは」

「そうだ、それくらい言ってしかるべきだ。お前の過失だよ。だからどうにかしてくれ」

「どうにかしろって父さん。どうしたらいいんだよ」

「あいつ毎日ご飯もパンも食わずに大福ばっかり食ってるんだぞ。このままいったら深刻じゃないか。お前、あれ、やめさせろ」

「でもたぶん、そういうのは俺じゃなくて、母さんの役目だろう」

俺が水を向けると、母さんは再びハキハキ喋りだす。

「お母さんが何言ったってもう無駄よ。言うには言ったのよ、お兄ちゃんの人生なんだから、お兄ちゃんが最良だと思う方向に進むのを応援してあげましょうって。でも麻紀は、それとこれとは関係ない、これは罰なんだって言って……」

「な、罰だと言って大福を食べるなんておかしいじゃないか。それこそ罰あたりだ。大福は罰として食べるもんじゃないだろ。ふつう反対だろ。大福は褒美だろ。麻紀はへんなんだよ」

「麻紀がへんなのは今に始まったことじゃないぜ」

「そうか？　今じゃないのか？　じゃあいつからだ」

「わかんないけど、昔からだよ」

俺はうんざりして、トーストをもう一枚食べはじめた。そしたらもっと腹が減ってきて、食パンの袋に入ってたのを焼かずにそのままムシャムシャやりはじめた。

「なあ、カズ。麻紀はまだ混乱してると思うんだ。あの子はもうハタチだけど、まだ世間知らずで幼いところがあるよな。富子ちゃんと、昔はあんまり仲良くなかったっていうのもあるしな。でもせっかくカズが富子ちゃんと一緒になる心を固めたんだから、みんなでお祝いしたいじゃないか。麻紀だって、話せば少しずつわかってくれるだろう。ちょっと意地はってるようなところもあるんだろうからな。だから今までどおり、仲良くしてくれ。それで、今度の日曜また富子ちゃんを連れてきて、二人を仲良くさせるんだ。今の富子ちゃんなら、麻紀が嫌うようなところはなんにもないはずだろう。カズが富子ちゃんを好きになったんなら、麻紀だって同じように好きになれるはずだろう。俺たちは家族になるんだ。こういう小さな一歩から家族になるんだ」

「うん、まあ……そうだよな。うん、努力するよ」

俺はパンを無理に飲みくだすと時計を見た。もう駅まで走らなくてはいけない時間だった。

「もう後戻りはできない」

立ちあがった俺を見据えて、母さんが決然と言った。

俺は歯磨きをして大急ぎで家を出た。


金曜日、小島のたっての希望で俺は富子をやつに会わせた。

富子の他に、今小島が付きあっている彼女とその彼女の友達の女とその女の彼氏も来た。

初めて会ったときとは違って、富子は俺の隣に座り、正面に小島のカップルが座り、カップルの横に小島の彼女の友達が座って、その向かい、つまり俺の左隣に彼女の彼氏が座った。こいつはもうすぐ十二月だというのに首元のだれっとした汚いTシャツを着ており、なんでも小説家だか劇作家だかを目指しているそうで、デパートのクレジットカード案内カウンターで働く彼女のマンションで日がな一日働きもせず、宅配を代わりに受けとってやることもせず、紙とペンを手にしているのだと言う。

「やっぱり、パソコンじゃなくペンで書くんですか」

俺はそういう知りあいがいないから、好奇心で聞いてみた。

「いや、ペンじゃなくて自分はもっぱら鉛筆っすね。２Ｂの」

「でも、一日書いてたら疲れないですか？　気分転換に料理とか散歩とか、するんですか」

「いや、しないっすね」

「じゃあ疲れたら何してリフレッシュするんですか」

「基本疲れないっす」

「この人、こういう人なの。こういう人と一緒にいると、こっちの疲れもどっかいっちゃうのよ」

前に座っている彼女は笑いながら言った。

人の幸せはいろいろだと俺は思った。

俺だって愛する人に愛され、世話され、寛大な庇護《ひご》のもとで自分のやりたいことだけに没頭する人生を送ってみたい。というか、まずはやりたいことを見つけるところから始めたい。しかし俺は、今のままの俺でもじゅうぶん幸せだ。

このヒモみたいな男を世話しているクレジットカード受付係の女はちなみさんと言って、すごく感じのいい人だった。そういうところで働いてるからか、声も喋り方も優しくて、重箱の隅をつつくような発言をしても言葉の揚げ足をとっても、きっとうまく俺をいなしてくれそうだ。人を見る目も持っているのかもしれなくて、だとするときっと俺の隣のヒモもある程度の見込みはあるってことなんだろう。でもこのちなみさんは、やつが大物になる可能性にかけてやつを養ってやっているわけでもないだろう。愛する男に好きなことをさせておきたいのだろう。いや、でも、そんなの、俺の願望まじりの色眼鏡かもしれない。ちなみさんは一見すごくいい人だけど、一枚めくってみればひどい俗物で、無力な男にネチネチ恩を売ることで昼間の仕事の鬱憤を晴らしてそのわずかな才能さえ根だやしにすることに小さな快感を得ているだけの、とんでもないさげまん女かもしれない。

俺は用心しようと思った。

「おい、お前、ちなみさんをあんまり見るなよ」

トイレから出て席に戻ろうとしたとき、ちょうど入ってきた小島に言われた。俺は「そうだな、気づかれないようにな。ちなみさんはそういうところはするどそうだからな」と答えた。

「ちなみさんは知らないけど、富子ちゃんはうすうす気づいてるぞ」

「えっ富子？」

「婚約者の前で他の女にみとれるなんて最低だぞ。お前、自覚あるのか」

「自覚？　あるよ。なんの？」

「お前の隣に座ってるあの眼鏡の男は実はすごいんだぞ。ちなみさんに変なちょっかい出したら、お前結婚どころじゃなくなるぞ。セメント缶で東京湾だぞ」

小島はそのままましかつめらしい顔でトイレに入っていった。

席に戻ると鍋のセットが運ばれてきていて、小島の彼女が皿を持って富子がその上に並んだ野菜を長い箸で鍋に入れていた。ちなみさんとちなみさんのすごい男は膝の上に両手を置いて、それをニコニコ眺めていた。セメント缶で東京湾……。それは困るけどそんなの嘘だな。俺は富子から箸をうばって皿の上の野菜を一気に鍋の中へ入れた。

「式場とか、もう決めてあるの？」

肉ばかりになった皿を小島の彼女がテーブルの端に置いて言った。

「うん。今見てまわってるところ」

富子が答えた。今の富子は誰の前でも人見しりしないで、こうやって自然に喋れる。

「式、いつごろ？」

「九月か十月かな。ね？」

同意を求められて、俺は「うん」と言う。

「付きあってから、まだ間もないんでしょう？　すごいなあ、思いきりがいいんだね」

「思いきりもあるけど、タイミングじゃないかな」

富子は、冷静だ。

「そうか、タイミングか」

「うちはそんな話ぜんぜんなくって……」と小島の彼女が続けるかと思ったが、もう一組未婚のカップルがいることをはばかってか、彼女はそれ以上何も言わず黙って鍋のあくとりを始めた。

小島の彼女だってじゅうぶんいい子そうなのに、小島はこの子から別れを告げられるのを待っているのだ。そのことに気づいて、俺はムカムカしてきた。小島か小島の彼女にか、その両方にかはわからない。というより二人の関係がムカつくんだろう。俺は俺のムカムカのために小島の彼女に事情を話して二人をすっきり別れさせたかったが、こういうことはたぶん他人が口出すようなことじゃない。誰にだって、自分の恋を自分でまっとうする権利がある。が、俺は俺のムカムカのためだけではなく、俺の誠実さに誠実であるために、小島の彼女にもの申したくなった。

「ね、小島とはよく会ってるの?」

小島の彼女はあくとりおたまを壺の中で揺すりながら、キョトンとして俺を見た。

「小島君と? まあ、ときどき」

「ときどきってどれくらい? 週末とか?」

「うん、まあ……」

「どういうところでデートするの?」

「え? そうねえ、ふつうに外でご飯食べたり、買い物行ったり、そんなもんだけど。なんで?」

「いや、参考にしようと思って……」

「若松君たちは?」

「あ、俺たちは、その……まあ、同じようなもんかな」

「若松君たちって、なんかずっと前から付きあってる二人みたいに、すっかりなじんでるよね。うらやましい」

そう言って、小島の彼女はニッコリ笑った。

俺はやっぱり言えなかった。言うとすれば相手はこの子じゃなくてやっぱり小島だろう。俺は月曜の朝に言おうと思った。会った瞬間すぐ言おう。

「お肉入れちゃっていいかなあ？」

小島の彼女が聞くと、ちなみさんが鍋のなかをのぞいて、「いいんじゃない？」と答えた。小島が戻ってきた。鍋に肉が入れられた。俺たちは食った。俺は、隣の眼鏡の男にも優しくした。

会が終わると、他の四人は皆ＪＲで帰っていった。俺と富子は京王線で帰った。富子は下高井戸《しもたかいど》に住んでいる。俺も一緒に下高井戸で降りて、マンションまで送っていった。

電車のなかではずっと黙っていた富子だが、にぎやかな商店街を通り過ぎて道が静かになったころ、ぽつりと言った。

「ねえ、小島君と小島君の彼女って、どうなの？」

「えっ？」

「あの二人、うまくいってるの？」

「ああ……どう思う？」

「なんとなく、そうじゃない気が……」

「すげえな富子。わかるんだな。そうなんだよ、あの二人、もう駄目なんだよ」

「小島君の彼女がもう冷めてるでしょ」

「えっ？　逆だぜ。冷めてるのは小島のほうだぜ」

「違うわよ。彼女のほうよ」

「いや違うよ、だって俺本人から聞いたもん。小島はもうあの子のことが好きじゃないんだ。でもあの子を振るのはかわいそうだから振られるのを待ってるんだ」

富子はフフンと鼻で笑った。

「小島君がそう言って、そして和俊君がそれをそのまま信じてるんだとしたら、小島君も和俊君もまとめてとんまよ」

「いやいや違うだろ。だってあの子、俺たちの結婚の話うらやましそうに聞いてたじゃないか」

「うらやましがってるんじゃないよ。あれ、呆《あき》れてたんじゃないかなあ」

「呆れてた？　なんでだよ」

「わたしはなんとなく、そんな気が……」

「そんなの気のせいだ。あの二人に俺たちが呆れられる道理はない」

「道理はないけど、自由よ。でもわたし、あの二人は見ていられなかった。あんなのナンセンス」

「ナンセンスって、何が」

「だって彼女、もう彼に気持ちはないのにああやってわたしたちの前では仲良さそうにとりつくろってるわけじゃない。別れたいのに、悪者になるのが嫌で、彼から言われるのを待ってるのよ」

「おいおい、それはそのまま小島のほうだぜ。小島がそんな状態なんだよ」

「この際どっちでもおんなじことよ。でももし、和俊君の言ってることが本当で、わたしの感じてることも本当だとしたら、それって最高にナンセンスじゃない？　だって両方とも好きじゃないのに、相手から別れようって言われるのを待ってるわけでしょう？　そんなの途方もない時間の無駄よ」

「まあ、そうだな……」

　俺は口をつぐんだ。確かに、確かにそれはナンセンスだ。でも俺は、そんなふうに誰かのことにするどく言及する富子に、ちょっと驚いた。「ナンセンス」なんて言葉を口にする富子に驚いた。俺は富子が観察する女であることに、違和感を覚えた。

「わたしは絶対に、ああいうふうにはなりたくない。人を馬鹿にしてるのと一緒だもの。ねえ和俊君、もし和俊君がわたしのことをもう好きじゃなくなったり、他に好きな人ができたら、そのときはすぐ言ってね。ごまかしたり、わたしがそれに気づくのを待ったりしないですぐ言ってね」

「ええー、そんなこと絶対にないよ。ありえない」

「ありえないことなんてないわよ。だってこの先わたしたちは何十年も生きるわけじゃない？　この二十五年ちょっとのあいだに、和俊君何人の女の子を好きになった？　すっごい単純計算して、まあわたしも含めて五人だったとするよね。七十五歳まで生きるとしたらさ、この先五十年で十人の女の子を好きになったっておかしくない話じゃない。つまり五年に一回は心変わりするかもしれないってことじゃない」

「そんなの単純すぎるよ。俺はそんなこと考えない。そんな方程式は俺のなかには存在しない」

「ないんだったらそれはそれでいいわ。でも覚えておいて。心変わりしたときはすぐに言うのよ。言わなかったら、それはわたしにたいする最低の侮辱なんだから。ね、約束よ。そういうときが来たら、お互い正直に告白して、いさぎよくきっぱり別れましょう。わたし、こういう種類の嘘だけは本当に我慢ならないの」

「でも、これからずっと一緒にいようってことを約束したばっかりなのに、そんなことまで約束するの、不謹慎じゃないかなあ」

「でもわたし、和俊君がそれを約束できないのなら、和俊君とは結婚できない」

俺は「へっ」とまぬけな声を出してから言葉を失った。

富子のマンションに着いた。富子はすげなく「じゃあね、おやすみ」と言ってオートロックの玄関を開けて去っていった。俺は今日は泊まるつもりだった。飲み会の途中からそのことばっかり考えていた。せめてこのぎくしゃくした雰囲気のままでは別れたくないと思ったけど、去りぎわのよい富子はそれを許さなかった。

俺は電車に乗る気にならず千歳烏山《ちとせからすやま》の家まで歩いて帰った。

富子が怒った。これはまずい。怒ったどころか「結婚できない」とまで言ってのけた。日曜の昼、またうちに食事に来るよう誘うつもりだったのに、これはまずい。父さんも母さんもそのつもりで準備しているのに。

俺はショックだった。富子が二人の終わりをああやってすでに想定していて、その想定にたいしてすでに怒っていて、その想定にたいして約束を要求してきたことが。どうしてそんなにネガティブシンキングなんだろう。俺は、父さんが言うとおり、結婚というものはそれまで別々に生きてきた二人が家族になるという約束だと思う。家族になったら、もう離れることはできない。価値観が合わないとかすれちがいとか、そんなとってつけたような理由でホイホイ別れることなんかできないはずなんだ。俺はそんな可能性さえ考えない。見つけようとしても見つからない。俺は富子と俺の永遠を信じる。でも富子はどうやらそうじゃないらしい。

俺は一瞬だけ、この結婚を迷った。いや、一瞬じゃない、家に帰るまでの約一時間歩きながら迷った。富子と俺とは結婚にたいする大きな意識の違いがあるかもしれない。富子は俺みたいに結婚生活に二人の永遠を見ない。そして俺は富子のように結婚生活に二人の過去を見ない。これはもしかして、かの、「価値観が合わない」というやつではなかろうか。俺は逡巡《しゅんじゅん》した。逡巡しているうちに家に着いてしまった。

俺は家に入る前に、その横にある父さんの和菓子屋「菓子わかまつ」の前に立った。毎日手伝いの弓子さんが開店前と閉店後にほうきで掃除してくれるから、店の前には枯れ葉の一枚も落ちていない。父さんも母さんも、俺がゆくゆくはこの店を継ぐものと思っている。もちろん、俺もそのつもりだ。小さいころからそういう前提で物事が進んできた。マルセロ製菓に勤めてるのだって、この店を継ぐための一つの修業なのだ。父さんも母さんも一般の企業に勤めたことがない。だから俺にはすぐにこの道に入るのではなくて、社会というものの厳しさをしかと確かめてから戻ってきなさいと言った。俺は、それはありがたいことだと思った。俺だって、一人前に稼ぎたかった。でも実際会社に入ってみると、これが確かめるべき社会というものなのかどうかよくわからなくなった。毎日楽しく出勤して、健康保険の書類を作ったり出退勤を管理したりすることが社会の厳しさを確かめることと同じことなのか俺にはわからない。俺は甘いと思う。だって俺にはこの店があるんだから。他の同期のやつらみたいに会社で上を目指さなくたって、肩書きがなくたって、俺には父さんのあとを継ぐというあらかじめ用意された未来があるのだ。俺は自分をラッキーだと思う。でも、ときどき、そのラッキーを遠くにうっちゃって、どこか都内のごみごみした掃きだめのようなアパートを見つけてそこで汚く暮らしてみたいと思う。そしたら俺は、もっとハングリーで野心のある男になって、強い男街道をまっしぐらだ。そうだ、俺がなりたいのは強い男だ。腰かけで菓子メーカーの総務部に勤めてほどよいタイミングで父親の和菓子屋を継ごうなどと考えている男なんて大嫌いだ。でもそれが俺なのだ。

俺はむしゃくしゃして、白い砂利を踏んで店の敷地に入り、カバンをその場に放りすてて、置いてある植木鉢を持った。それでその植木鉢を、目の前のシャッターに思いきり投げつける構えをし、投げつけたという体《てい》で元の位置に下ろした。さあ家に帰ろうとカバンを拾って振りかえったら麻紀がいた。

「わ、麻紀。見てた、今の?」

「見てたよ」

学校帰りなのか、麻紀はダッフルコートに大きなトートバッグを持って、街灯に照らされている。

「投げてないぜ。俺、持ってみただけだから」

「なんで」

「重さを量ったんだ」

「なんで」

「危ないと思って」

麻紀は顔をこわばらせた。

麻紀と口をきくのは、実に五日ぶりだ。

麻紀が生まれて言葉を喋るようになってから、俺たちが口をきかなかったのは、俺が大学の卒業旅行で友達とバンコクに旅行していた四日間が最長記録だった。いや、でもあのときも、着いた日と帰る日に国際電話をかけたから、最長ってわけじゃないな。どちらにしろ今回が最長記録だということに間違いはない。

「麻紀、今帰ったの？　遅いじゃんか」

「飲み会だったから」

「へえ、なんの？」

「友達と」

「誕生日会か、何かか？」

「別に。ただの飲み会」

麻紀はそう言って、家に入ろうとする。俺はあわててその横に並ぶ。

「なあ、麻紀……」

麻紀は俺の言葉を無視して玄関のドアを開けた。

麻紀の「ただいま」に二階から「おかえりい」と父さんと母さんの声が返ってくる。麻紀は洗面所で手洗いうがいをして階段を上がる。俺もそれにならう。パジャマ姿の父さんが母さんと寝室から顔を出し、俺たちを見て、「父さんたちはもう寝るぞ」と言う。

「うん。おやすみ」

「お前たち、一緒に帰ってきたのか？」

ホクホク顔で言う父さんを麻紀は無視した。それで俺が仕方なく、「いや、店の前で会っただけ」と答えた。

麻紀は不愉快さを丸出しにして何も言わず自分の部屋に入る。父さんと母さんは、俺に首で「行け、行け」と合図してからドアを閉めた。俺は麻紀の部屋のドアをノックして、「おーい、麻紀」と声をかけた。返事はなかった。

「おい、麻紀。ちょっといい？」

「……何？」と向こうから声が返ってくる。

「ちょっと話が……」

「あとでじゃだめ？　お風呂入りたいの」

「じゃあ、風呂のあとでも……」

ダッフルコートを脱いだ麻紀が出てきた。アーガイル柄の赤いセーターを着ている。色白で賢い麻紀に、この色と柄はよく似合う。これは確か、去年のクリスマスに父さんと母さんがプレゼントしたやつだ。

「じゃ、お風呂行ってくる」

麻紀は階段を降りていった。風呂場のドアが閉まる音がしてから、また父さんと母さんが廊下に顔を出した。

「おい、カズ、仲直りできそうか？」

「いや、どうだろう……」

「日曜日、彼女来るんだろ。日曜のために、今日のうちに仲直りしとけ。明日は麻紀、一日外出だそうだぞ」

「どこ行くんだよ」

「さあ。デートじゃないか」

「デートって、誰と」

「それは知らない。お前、ついでに聞いてみろ」

「麻紀だって、年ごろなんだからデートの一つや二つするわよ」と母さんが口を挟む。

「とにかく父さんと母さんはもう寝るから、がんばれよ。これが最後の兄妹げんかになるかもしれないんだから、心して仲直りするんだぞ」

早口で言って、父さんはドアを閉めた。

俺は自分の部屋に戻って、コートを着たままベッドに寝転がった。スーツを脱いで楽な恰好をしようと思ったが、「心して仲直り」という父さんの言葉が頭に残って脱げなかった。俺はきちんと仲直りしたかった。そのためにはだらしない恰好ではいけなかった。

これが最後の兄妹げんかになるかもしれない……。父さんはそうも言った。でも思いかえしてみれば、麻紀とはこれまでけんからしいけんかなんかしたことがない。俺はいつも麻紀に優しくしてきたし、麻紀も俺を尊敬してくれていたと思う。俺たちは仲のいい兄妹だった。ちょっと前までは、ときどき一緒に寝てたしな。でもそれは異常だろう。二十を超えた兄妹が一緒の布団に寝るなんていくらなんでも仲が良すぎる。でも俺も、たまにはいいかと思って麻紀を追いだすことはしなかった。つまり俺は慣れていた。麻紀と俺との兄妹は、こういうものなんだって。

小さいころからそうだ。麻紀がいなければ俺はこんな人間になってなかっただろうし、麻紀だって俺がいなければあんな人間にはなっていなかっただろう。

麻紀が俺の妹として唐突に世界に出現したとき、俺は四歳だった。そのときの感動とか嬉しさを覚えていないことを、俺は残念に思う。何しろ俺の最初の記憶は、小学校に上がって初めての国語の授業で、教科書に載ってた親子の熊がムクノキの実を食べる絵を見ているところなんだからな。つまり俺は気づいたときには麻紀の兄だった。以来、麻紀はいつまでも揺らぐことのない「麻紀の兄」という俺のありようを証明してくれた、大事な人間だ。俺が結婚したって、それに変わりはない。俺が麻紀の兄であり麻紀が俺の妹であることは、絶対に揺るがない。だから俺たちはどうしても和解しなくちゃいけない、ここで和解しないということは、俺たちの存在意義にかかわる大問題だ。俺たちはこれまでの存在を、俺たちの過去を、兄妹愛という名のもとにここで明らかに証明して、かつ未来に保証しなくてはいけない。

風呂場のドアが開いて階段を上がってくる音がした。麻紀だ。麻紀が来る。俺はベッドから飛びおきてコートを脱ぎ、ネクタイの形を整えて部屋を出た。麻紀はタオルをターバンのように巻いてパジャマ姿でそこにいた。

普段からほとんど化粧をしない麻紀だけど、湯上がりの麻紀の顔は新品のヘルメット並みにピカピカしていて、湯船でたっぷりたくわえてきた熱を全身の肌から発散していて、若い女の過剰なエネルギーがいちばんいい具合に極まっていた。三秒以上直視していたら、逆にこっちが老けこみそうだ。そういう飾らない恰好の麻紀は、どこか遠い異国の農村にいる、毎日乳製品ばっかり食って、日がなヒツジと一緒に遊んでる、大農場の娘みたいだった。麻紀と富子は年もそんなに違わないはずなのに、富子はすでにその大農場の出納係だ。

無意識のうちに麻紀と富子を比べている自分に気づいて、俺はいかんと首を振って、なるべく冷静さを保って言った。

「麻紀、準備はいいか?」

「ちょっと待って」

「話、どこでする?」

「…………」

「俺の部屋か?」

「…………」

「それとも下か?」

麻紀は少しだけ開いている自分の部屋のドアを見た。そして大農場の素朴娘のマスクを一気に振りすて、いきなりガンマンのように首をくいっとひねり、その隙間を示して見せた。俺は黙って麻紀のあとについていった。

麻紀の部屋に入るのは、ずいぶん久しぶりだ。

今まで何か話したいことがあるときは、麻紀が俺の部屋に来た。この部屋に最後に入ったのはいつだろう。考えてみればずいぶん昔だ。前に入ったときにはあんなマネキンみたいなのはなかった。なんだあれは。洋服屋にあるような、アヒル口の女の白いつやつやの裸体に麻紀のコートやマフラーや帽子がかぶせられている。それに居間にあったはずのアップライトピアノがなぜかここにある。これは確か、何年も前から誰も弾かないもんだから布をかぶせられて長いあいだ物置台みたいになっていたはずなのに、いつのまに運びこんだんだろう。

俺がマネキンとピアノを交互に凝視しているあいだ、麻紀はベッドに腰かけ、ターバン風に巻いたタオルを頭から取って、ごしごし地肌を拭きはじめた。

「これ、いつからここにあるの」

俺が聞くと、麻紀はいかにもうざったらしそうに「これって何」と聞きかえした。

「このマネキンとピアノ」

「こないだ」

「こないだって、いつだよ」

「兄さん、ほんとにそんなこと知りたいの？　このマネキンとピアノがいつからここにあるか、本当に知りたいの？」

「いや、本当には……」

「じゃあどうだっていいじゃない」

「ピアノ、運ぶの大変だっただろ」

「パパとママにやらせた」

麻紀は机の上にあった輪っかになった布で、濡れた髪を後ろにくくりあげた。そして足を折って完全にベッドの上に乗ると、背中を壁につけて俺をじっと見あげた。

「座れば？」

麻紀は胸の前で腕組みしながら言う。

俺はベッドの隣にある麻紀の勉強机の椅子をひいて、そこに座った。机の上には家族四人でフランスに旅行したときの写真がフレームに入れられて飾ってあった。凱旋門の前で、通りすがりのアラブ系のおじさんに撮ってもらった写真だ。

「へえ、なつかしいな」

「なつかしくないわよ。それ、たった去年のことよ。なつかしがるほど昔じゃないよ」

「そっか……」

俺は麻紀に拒絶されているのを感じてうちひしがれそうになる。口では生意気なことを言っていても、盲目的に俺に忠実で優しかった麻紀が、俺は恋しい。

「なあ、麻紀」

「何？」

「こないだのこと、まだ怒ってるの」

「こないだのことっていつのこと」

「つまり……日曜、富子がうちに来た日のこと……」

「それの何を？」

「つまり……あの朝、麻紀は俺にいろいろ言ったろう。それで俺は、麻紀を突きとばして……あれ、痛かった？」

「いろいろってなんて言ったの？」

麻紀は俺を辱めようとしている。それで俺を辱めることで、自分を辱めようとしている。麻紀はそれを求めている。だから俺はどこまでも付きあう。

「つまり、麻紀は、この家にいたら俺も麻紀も本当の自分じゃいられないと言った。俺の結婚をなしにして、二人でこの家を出ようと言った。俺たちは愛しあってると言った。俺はお前がどうかしていると言った。口をきくのはよそうとも言った」

「で？　だからなんだって言うの？」

麻紀は俺の与える屈辱に顔を赤くしながらも、挑発的な口調はけっして崩さない。

「俺も麻紀も、あのときは興奮状態で相手の言ってることも自分の言ってることもよくわかってなかったよ。口をきくのはよそうと言ったのは俺だが、それは間違いだった。俺たちはたった二人の兄妹なんだから、どっちに何があっても仲良くするべきだと思うんだ」

麻紀は黙っている。俺は視界に入るマネキンの視線が妙に気になって、ついそっちに目をやってしまう。

「なあ、麻紀、あのとき俺はお前の言ってることが確かによくわかんなかったけど、今は受けいれようとしてるんだよ。だってそれは、麻紀が俺を好いてくれてるってことだから。俺たちは他の兄妹と違って、昔からずっと仲がいいからな。俺はそのことを、嬉しく思うんだ。だから俺の結婚も、お前には喜んでほしいんだ。逆に言えば、お前が喜ばない結婚なら、俺だってちょっと考えてしまうんだ」

言ってから、俺はあれっと思った。逆に言えばの段、これは俺の考えていたこととは言えない。そんなことまで、俺は考えてない。

「だからって、なんであの人なのよ」

麻紀は赤い顔で、口をわなわなと震わせて、俺をにらんだ。

「ああ、富子か……?」

麻紀はいきなり体を起こして、俺の正面を向いて座りなおした。そして俺が構える前にすばやく両腕をつかんで、激しく揺すった。

「ねえ、兄さん、ねえ、どうしてあの人なの？ せめてどうして別の人じゃなかったの？ せめてどうしてあのドンくさい妹でもなかったの?」

「い、妹？ それ翔子ちゃんのこと？ だって翔子ちゃんはまだ高校生だぜ。そりゃダメだろ。富子はいい子だよ。見た目も性格も昔と大違いだってこと、こないだうちに来たとき麻紀もわかったろ？ 富子も麻紀と仲良くしたがってるんだよ。な、だからみんなで仲良くしようよ」

「あの人とは家族になれない。だってあの人、いとこじゃないの！」

「いとこでも結婚はできるんだよ」

「いとこはいとこよ！　友達だって彼女だって奥さんにだってなれない、いとこはいつまでもいとこじゃないの！」

「そんなことはないだろう。いとこだって同じ人間なんだから」

「人間じゃない！　いとこなんて人間じゃない!!」

麻紀は両手で顔を覆って大袈裟《おおげさ》に泣きはじめた。俺はもう疲れてしまって、麻紀をそのままちょっと泣かせておくことにした。

さて、これからどうすればいいんだろう。このまま放っておいたら、だめだろうか。またやってくる明日に備えて、俺はさっさと麻紀と和解してやすらかに眠りたかった。麻紀はかわいいが面倒くさい。こんな女と付きあう男は最初は幸せかもしれないがのちのち大変だろう。そういえば、このあいだ麻紀は自分の彼氏は高校生だと言ってたが、今どきの高校生にはこんな女をうまく扱うノウハウがどうかして備わってるんだろうか……。俺はその彼氏に今ここで電話して、助けてもらいたかった。

電話と思いついた途端、ベッドの枕元に置いてあった麻紀の携帯電話が目に留まった。すると、ピンク色のラインストーンでうじゃうじゃデコりまくってあるその携帯のすぐ横で、俺に笑いかけてくれるやつがいた。びっくりだ、これはどうも、マルセロ君じゃないか。そうだ、この携帯につながれているマルセロ君は、数日前、俺がドアノブにかけておいた、あの赤白エプロン姿のおニューなマルセロ君じゃないか！　俺は喜びのあまり椅子の上から崩れおちそうになった。麻紀は俺のマルセロ君を受けとってくれていた。これこそ、俺と麻紀がどうしたってすれちがいきれない、血でつながった兄妹であるという何よりの証拠じゃなかろうか？

さっきから天使の微笑みを投げかけてくれているマルセロ君人形のおかげで（マルセロ君は地球に降りてきたチョコレートの天使という設定だから）、俺はようやく麻紀にたいする兄らしい優しさを取りもどすことができた。何が面倒くさいだ。俺は麻紀の兄だ。どこのどいつがこの麻紀を面倒くさく思おうとも、俺だけはけっして麻紀を見捨てはしない。何があっても見捨てない、だってそれが家族なんだから。そして富子と俺は、そういう覚悟のいる、かつこの世でもっとも美しい人間関係を作ろうとしているのだ。俺たち二人はそんなにも志の高い、偉大な試みをしようとしているのだ！

「麻紀、許してくれ。俺が悪かった。そんなに泣かないでくれよ」

体中にみなぎる勇気の勢いを借りてそう言った俺に、麻紀はしゃくりあげながら倒れかかってきた。俺は一瞬あわてたけれど胸のなかに麻紀を用心深く受けいれて、しばらく泣かせてやる。麻紀は昔から賢くて、おとなしくて、でも誰かにいじめられて泣くなんてことはそのプライドが許さなかった。俺はそんな麻紀がいつだって誇らしかった。

「麻紀、誰と結婚しても俺が麻紀の兄さんでいることにかわりはないよ。俺がどっか遠くに行くとか、死ぬとかじゃないんだよ。ただ、この家は出てくかもしれないけど、俺は間違いなく京王線の沿線に住むよ。だからいつでも会えるし、麻紀との縁は死ぬまで絶対に切れないよ」

少し落ち着いてきたのか、麻紀の呼吸の速度がだいぶゆったりしてきた。涙と生ぬるい息が、俺のワイシャツの胸のあたりを湿らせた。麻紀はよりきつく俺の背中に腕を回して、体重を移した。かと思ったら急に背中の後ろで組んだ手に力をこめて、思いきり後ろにのけぞり、自分の体ごと俺をベッドの上に投げだした。

今、麻紀の体は俺のすぐ下にあった。

「何するんだよ、危ないじゃないか」

俺はあわててベッドから起きあがろうとしたが、背中に回した麻紀の手は離れない。俺はどうにかその輪を抜けだそうと麻紀の上で体をよじらせた。麻紀の肌からはバスクリンのにおいがしたが、今日は何色のお湯かはわからなかった。ベッドからはみでた足が大きく宙を蹴って、すぐ横にあったマネキン人形が派手な音を立てて倒れた。それでも麻紀は俺を離そうとしない。

廊下でばたばた足音が聞こえて、あっと思ったときにはもうドアが開いていた。父さんと母さんがそこにいた。

「やだ!! あなたたちいったい何してるの」

母さんが走ってきて俺の体を麻紀からひっぺがした。麻紀のパジャマの胸元ははだけて、湯上がりの上気した肌がのぞいていた。床に崩れおちた俺を父さんがひっぱりあげた。頭のなかで、聞き覚えのある高い電子音が鳴って目の前がチカチカ光った。何かと思ったら俺はげんこつで思いきり右のこめかみのあたりを殴られて倒れているのだった。俺は床に腕をついて、どうにか起きあがろうとした。すると続いて父さんが左のこめかみを殴った。今度は耳の奥で**ガチャッ**と音がした。なつかしい、毎朝聞くあの機械音……OKです、お入りください、OKです、お入りくださいと俺を歓迎してくれる音……ああ富子! 富子! 俺はもう、こんな狂った家にはいられない。一刻も早く、富子と新しい生活を始めたい。でも何かがはっきりしない、俺の求める決定的な何かが、まだ俺の手元には届いていない。

よろめきながら部屋を去る前に、俺はせめてものつぐないとして倒れたマネキンを元どおりに立たしてやった。そのとき、さっきから気になっていたこのマネキンのとんがり唇はバー「しずく」のマスター、きょうちゃんがすねたときの口の形にそっくりだったと気がついた。瞬間、「愛が生まれた日」のイントロが頭の中に鳴りはじめた。そうだ、愛が生まれた日……それはいつだ。今日じゃない、昨日じゃない、もっとずっと昔のいつか、俺と富子の愛が生まれた日はいつなんだ。いや、果たして愛は本当に生まれているのか、胎道でぐずってるのか、まだ陣痛さえも始まっていないのか？

部屋に戻って、俺は何より先に携帯電話を手にとった。急いで富子に電話しなくては。そこをはっきりさせなくては。俺たちの愛がまだ生まれていないのであれば促進剤を打ってすぐにでも分娩態勢に入らねば。

隣の部屋からはまだ麻紀のすすり泣きが聞こえていた。

お父さんの星

ホームに降り立った瞬間、名前を呼ばれた気がして車両を振り返った。

立っている乗客は一人もおらず、向こう側の長い座席には高校生らしき制服姿の少女が二人、それから幼い子を連れた老婆が、じっと床を見つめている。誰も私のことなど見ていない。ほんの数秒前まで、自分が彼女たちのちょうど真ん中に座っていたことが、すでに懐かしく思われた。名前を呼ばれたと思ったのは、錯覚らしかった。それが後ろめたさによるものなのか、他の何かによるものなのか、私にはわからない。

ベルが鳴って車両のドアが閉まる。電車が走り去る。線路の向こう側のホームには誰もいなかった。それなのに何かむずがゆいような人の気配を感じるのは、正面の待合室のガラスに私自身の影がぼんやりと映っているからだった。しばらくそこに立ったまま、自分の影を眺めてみる。去年もこうして一人、同じことをした気がする。一昨年《おととし》もおそらく。しかし、もしあのガラスがこの体の中身まで映すのであれば、確実に去年よりも、一昨年よりも、隙間《すきま》の部分が増えているのがわかるはずだ。かつて私は、人間が年をとるということは、それだけ何かを得ることだと思っていた。しかしいつからだろう、今では、年をとるということは、それだけ何かを失うことと同義になってしまった。私はこのまま順当に年齢を重ね、何かを失い続けた結果としての、無という状態について思いを馳《は》せた。向こうのホームに下り電車がやってきて、待合室のガラスは見えなくなった。

玉川上水へ続く小さな商店街は人気《ひとけ》が少なく、店の軒先につけられたセロハンの笹飾りだけが虚しく春風に揺れている。路地の溝には飛ばされてきた花びらが茶色く汚れて吹き溜《だ》まっている。奥の桜並木から聞こえてくる若者たちの賑わいに導かれるように、私はゆっくりと歩いた。

一段低くなったところにある薄暗い橋のたもとに、彼女は背を向けて待っていた。上体を反らし、小さなデジタルカメラを桜の枝に近づけている。その写真を家で一人で眺めることが、今晩彼女の心を温める、小さな幸せになることを私は知っている。これは私の勝手な推測ではない。思いあがりでもない。何年か前、彼女自身が私に教えた。

「弓子」

近づいて肩に手を置くと、彼女ははっとして、カメラを胸に押しつけた。その咄嗟《とっさ》の仕草が、またしても私を切ない気持ちにさせた。弓子は私の顔を見ると、心配なほど目じりがぐいと下がるあの愛らしい微笑みを浮かべ、いったん隠したカメラを差し出して見せた。

「今、写真を……」

「撮ってたのか」

私たちは顔を寄せて、カメラに保存された桜の画像を見た。「よく撮れてるね」私が言うと、弓子は「下手よ」と恥ずかしそうに微笑みながらも、次の画像、次の画像へと、小さなボタンを押し続ける。カメラのなかの桜はいつまでも続くように思われたが、なんの脈絡もなく、突然桜の画像が電卓の画像に切り替わった。弓子は「あら」と声をあげたが、かまわずボタンを押し続けた。何枚か同じ電卓の写真が続き、そのうち室内の写真になった。うちの店の、おそらくカウンターのなかから撮ったのだろう、右の隅にはお客の腕が中途半端に映りこんでいる。

「店で撮ったのか、これ……」

「ええ。久々に使うから、昨日お客さんがいないときにね、お店でちょっと練習してたの。そしたら麻紀ちゃんが……」

弓子はもう一度ボタンを押した。液晶画面ににっこりと白い歯を見せて笑っている麻紀が映った。さっきの腕の持ち主は麻紀であるらしい。

「麻紀ちゃんがふらっと来て、いろいろ教えてくれたの。お花とか、小さいものを撮るには、このチューリップのマークのところに合わせると上手に撮れるんですって……」

弓子の声はそこで途切れた。私はそっと彼女の横顔をのぞき見た。麻紀の笑顔をじっと見つめる弓子の頬は、悲しいくらい落ちくぼんでしまっている。しかし夕暮れどきの満開の桜の下では、そのくぼんだ頬は成長期の入り口に立つ少女のように初々《ういうい》しくも見える。

「麻紀ちゃん、本当にきれいになって……」

弓子は画面に向かって優しく微笑んだ。

「宝物ね」

我々は毎年の慣習通り、まず甲州街道方面に向かって桜並木の下を散策した。セメントで押し狭められた小さな川の水は、花びらの島を浮かべていた。甲州街道に突き当たると、我々は来た道を引き返した。そして青いシートの上で若者たちが飲み食いしている公園の脇を通り、天井の低い地下道を通り、玉川緑道へ出た。桜はまだ続いていた。しかし道の終わりは二百メートルほど先に見えていた。

歩いているあいだ、私たちは一言も喋らない。

私はこれまでのこうした時間が、彼女の小さな幸せとして心のなかにしまわれて、一年という時をかけてすりへってきたことを考えていた。ずっとそれを知っていたのに、私は今まで斜め後方を歩いているはずの彼女を振り返ることもしなければ、手をとってその幸せをより大きなものにしてやろうという試みもしないできてしまった。

「ねえ？」

緑道を何度か往復し、地下道から出たところで弓子は私に声をかけた。

「なんだ」

「少し、あそこに腰かけない？　私、座ってゆっくりお花が見たいわ……」

そう言って、公園の端にあるベンチを指さす。

「そうだな。座ろうか」

並んで腰かけると、彼女はハンドバッグのなかから小さな魔法瓶を出して中身をコップに注《つ》いだ。細い湯気が立った。

「肌寒いかと思って、あったためてきたの」

ほのかに麦茶の香りが残っていたが、魔法瓶のなかの日本酒はほどよい温度に保たれていた。我々は順番にコップに口をつけて、再び黙ったままでいた。

「桜、きれいね……」

初めて気づいたように、弓子は顔を上向けて言った。「きれいだな」私も言った。それから少しすると、弓子は再び「きれいね」と言った。私もまた、「きれいだな」と返した。

我々は何度かこのやりとりを繰り返した。しかし、何度目かの「きれいね」を聞いたとき、強烈な痛みが刃物のように体を内側から刺し貫き、私は「きれいだな」と答える機会を失った。私は強く目を閉じて、その痛みをやり過ごさなければいけなかった。こんなのも、毎年おなじみのことだ。隣にいる女を強く腕に抱けば、この痛みはすぐに消えるだろう。私はそれも知っている。だからこそ、決してそれをしなかった。こうして黙って耐えていれば、痛みは未練がましくのろのろと体の内にひいていくのだ。この場で私にできるのは、黙って待つことだけだった……。

ようやく痛みの波がひききったところで、私は目を開けて、隣の弓子の表情を窺《うかが》う。すると弓子もまた、日本酒の入ったコップをあごの先にちょんとつけて、目を閉じている。それを見た瞬間、私はこの瞬間こそ我が生涯で最良で、最も価値のある瞬間なのだと、錯覚しそうになった。それゆえこの瞬間を、自ら壊さずにはいられなかった。

「ちょっと、つまみを買ってくる」

立ちあがると、弓子は目を開けて、私を見上げた。その目に悲しいあきらめのようなものが映った。

「すぐ戻るから、君はここにいなさい」

はい、と小さく呟いて、弓子は向かいの桜の木に目をやった。

私は環七通りに出て、しばらく歩いた。つまみが買えるような適当な店は見つからなかった。それどころか歩けば歩くほど、道は忘れられた地方都市の市道のように、寂しくすたれていった。このままどこまで歩くのだろう。こっちにはおそらくそんな店はない、引き返して逆の方向に向かうべきではなかったか。そう思いながら、私はそのまま歩き続けた。誤った判断を今さら正しくはしたくなかった。そのうち甲州街道に出てしまった。左に曲がるとようやく一軒のコンビニエンス・

ストアが見つかった。

つまみを買うと言って来たものの、おつまみコーナーにあるするめやチーズかまぼこはいかにも愚鈍な中年趣味らしく思え、私は途方に暮れた。迷ったすえに仕方なく煎餅の小袋を一つ買った。店を出た瞬間ふいに強く腕をつかまれて、あやうくレジ袋をとり落としそうになった。

「パパ！　ほら、やっぱりパパじゃないの」

驚いたことに、腕をつかんだのは麻紀だった。その後ろには和俊までいた。

「ほんとだ。父さん、こんなところで何してるのさ」

私は激しく動揺した。しかし我が内心の動揺と我が顔面の表情筋は、もはや連動しなくなって久しい。そんな神経伝達回路だって、加齢の過程のなかで私は誰の許可もなく封鎖し、切り離してしまったのだ。

「いや、花見を……」

私はレジ袋を持ちあげて二人に見せた。

「お花見？　ママと？」

「いや、ママは家だよ」

「じゃあ一人ってこと？」

「ああ、まあ……」

麻紀は袋のなかをのぞきこんで、呆れたように言った。

「パパはお煎餅だけでお花見するの？」

「だめか？」

「別にいいけど……」

通勤鞄の脇にレジ袋を提げた和俊は、黙って私と麻紀のやりとりを聞いている。私はもの問いたげなその視線を無視して、無邪気な麻紀に聞いた。

「お前たちこそ、ここで何してるんだ」

「あたしたちもお花見しにきたの。でもたまたまよ。銀座で待ち合わせて、買い物して、すぐ帰るつもりだったんだけど、駅から桜が見えたからちょっとだけ見たくなって降りたの。ね、兄さん？」

「それであっちの酒屋にいたら、麻紀が父さんに似てる人がいるってうるさいから……」

「そしたらやっぱりパパだった。言ったでしょ、あたしが間違えるわけないんだってば。ね、パパ、ちょうど三つビールあるから、ママに内緒で一緒に飲んで帰ろ」

麻紀は私の手からレジ袋を取りあげ、空いた腕に自分の腕をからませ、半ば強引に歩き出した。

まずいことに、我々三人は弓子が待っているはずの公園に向かっていた。

「ママもいればよかったのに、どうして誘わないの？」

麻紀は私の顔をのぞきこんで聞く。

「いや、ママは晩ご飯の支度があるから……パパは、ちょっと気軽に桜が見たくなっただけだ」

「ママがかわいそう。今日お店休みでしょ？　昼間のうちに一緒に来ればよかったじゃない。桜を一人占めしようなんて、パパ、ずるいよ」

「そうだな。誘えばよかったな。確かにずるだな」

「ほんとに」

とうとう公園の入り口が近づいてきた。あの角を曲がればすぐに、弓子が私を待っているベンチが見えるはずだ。

しかし私にはどうしてか、強い確信があった。弓子はおそらく、もうあそこにはいない。

角を曲がってみると、果たして、弓子はそこにいなかった。

麻紀は「座ろっか」と言って、数分前に私が去り、そして弓子が去り、今は誰もいないそのベンチを指さした。本来ならば二人で座るべきそのベンチに、我々親子三人は太ももをくっつけあって座った。いつのまにか蓋《ふた》を開けられ、持たされた缶ビールを一口飲んでから、私は子どもたちに気づかれぬよう注意深く周囲を見やった。弓子はなかなか見つからなかった。苦心の末にようやく見つけた彼女は、若者たちが宴会をしているすぐ脇で、濃いピンクの花をつけた木にデジタルカメラを向けていた。あ、と思った途端、彼女はごく自然な動作で私たち親子のほうを見やり、少し頭を下げ、背を向けて駅のほうに一人で歩いていってしまった。

子どもたちは煎餅の袋を勝手に開封し、私を挟んで何かやかましく口論している。私は不思議と虚しくなかった。しかしそれは、私の受け持つべき虚しさを弓子が一人で背負って帰っていったためにに違いない。魔法瓶の熱燗の温かみは、口のなかからとうに失われていた。

「でもわかるもん、絶対においしいもん。みんながそう言うからおいしいって言ってるんじゃないよ、ちゃんと自分で言ってるんだよ」

「麻紀はなんでもおいしいおいしいって言うんだから、ぜんぶ発泡酒にしたってよかったんだ。外で飲めば、たいがいなんだってうまく感じるものなんだ」

「そりゃそうだけど、ちゃんとしたビールはやっぱりおいしいよ」

「高いんだから当たり前だろ」

「兄さん、会社でいっぱいお給料もらってるんでしょ。こんなビールでちょっと贅沢《ぜいたく》したって、痛くもかゆくもなんともないでしょ」

「だったら三つ全部プレミアム・モルツにしたらよかったんだ。そしたら父さんだって今ごろプレミアム・モルツだったんだ」

「でも比べてみたかったんだもん」

「ねえ父さん、それ麻紀に一口飲ませてやってくれよ。麻紀が比べたいって言って買ったんだよ」

「それもうパパのでしょ。あたしいらない」

私が飲んでいるのはどうやら発泡酒らしかったが、そんなことは言われなければわからなかった。子どもたちはその話が終わってからもつまらぬことで唾を飛ばしあっていたが、あるところまで来ると突然ぴたりと話を切り上げた。

「さ、そろそろ行こ。ママを抜かしてあたしたち三人だけで楽しくしてたら罰あたっちゃう」

和俊はまだ半分ほど残っている私の缶を取りあげると、「父さん、これってやっぱりビールと違う?」と聞いて、返事を待たずにごくごく飲みほしてしまった。スカートの尻をはたいて麻紀は歩き出したが、その右手に提がったうぐいす色の紙袋に、私は初めて気がついた。

「麻紀、その素敵な袋はなんだ」

「あ、これ?」

麻紀は得意そうに袋を持ちあげて見せる。

「マカロンだよ。三越のラデュレで買ってきたの。パリに行ったときに、みんなで食べたでしょ?覚えてる?」

「ああ、確か……」

「でもこれ、あたしたちが食べるぶんじゃないの、弓子さんへのプレゼントだから。弓子さん明日誕生日なんだよ。パパ、知ってた?」

三人揃って帰宅すると、さおりは夕餉《ゆうげ》の支度をすっかり済ませ、ダイニングテーブルで夕刊を読みながら我々を待っていた。

「あら一緒に帰ってきたの」

我々がぞろぞろと居間に入ってきたのを見て、さおりは椅子の背にかけてあったエプロンを首にかけ、立ち上がってコンロの火をつけた。和俊は「着替えてくる」と言って、すぐに二階の自室に上がっていった。

「そう、あたしは兄さんと一緒に帰ってきたんだけどね、パパとは代田橋《だいたばし》でばったり会ったの」

麻紀は冷蔵庫からお茶のペットボトルを取り出し、グラスに注ぎながら炊飯器の蓋を開けたり鍋の蓋を開けたり、落ち着きがない。

「代田橋で？」

さおりは電子レンジに大きな皿を入れて聞いた。

「何しに行ったの、あんなとこ」

「桜。きれいなんだよ、代田橋って。電車からも見えるの、ちっちゃいお濠《ほり》みたいなところに桜がわーって、降りかかるみたいに咲いてるの。ママ、見たことない？」

「そうだったかしら」

「まだ八分咲きだったから、来週みんなで行こうよ。駅で待ち合わせて、桜の下で焼きそばとか食べようよ」

「ママはいいわ」

母親のいつになくすげない答えに、麻紀はキョトンとした。

「えっ。どうして?」

「前に言わなかったかしら。ママは桜が苦手なの」

「知らない。そんなの初耳」

「だってね、桜の幹ってごつごつしててお年寄りの足みたいじゃない。そこにばーっと、あの初々しい、穢《けが》れのない花が寄ってたかって咲いてるのが、なんだか気持ち悪いじゃない」

「やだ、そんなこと言わないでよママ。そんなの気持ち悪いよ」

「だから言ってるじゃないの。桜は気持ち悪いのよ」

私はどうにもいたたまれなくなり、手を洗いに洗面所に行った。

年寄りの足に、初々しい、穢れのない花が寄ってたかって咲いている……。これは私への当てつけと言えるだろうか。わからない。かつて妻の心の奥底に蒔《ま》かれていた嫉妬の種は、とうの昔にすべて死滅したものだとばかり思っていたが、そのうちの一つや二つはまだしぶとく細い根を張っているのだろうか。どちらにしろ、さおりの表情からそれを読みとるのは、もはや不可能に近い。やはりある程度年を重ねると、めったなことでは、心と表情は連動しなくなるらしい。表情だけではなく、発する言葉だって、心との関連はだいぶ薄い。そのかわりにかろうじて心と連携を保っているのは、沈黙だろう。心身に何かしらの動揺が生じたとき、私は自らの沈黙でそれを知る。言葉と言葉のあいだ、もしくは呼吸と呼吸のあいだが、私の動揺を語る。しかしそれは人に悟られにくい。ただ自分で知るだけのことだ。私は、先ほどさおりが「ママはいいわ」と娘に答えるまでの一瞬のあいだに、ぼんやりとそのようなものを感じた。

顔を軽く洗って洗面所を出ると、ちょうど和俊が部屋着姿で階下に降りてくるところだった。和俊は私の顔を見るなり、「父さん、ほんとに桜見てたの」と真顔で聞いた。

「ほんとにって、なんだ」

「桜なら、わざわざ代田橋まで行くことないだろ。豆腐屋の庭にだってけっこう立派なのがあるじゃないか」

「いや、そうなんだが……」

そのまま言葉を探していると、和俊はどういうつもりなのかにやりと笑って、「まあいいや、来週、母さんも誘ってまた一緒に行こうぜ」と言った。

「母さんは、桜が好きじゃないって今言ってたぞ」

「嘘だろ。去年も一昨年もみんなで千鳥《ちどり》ヶ淵《ふち》に行ってボート乗ったじゃないか」

居間に入ると、食卓には春のものがずらりと並んでいた。麻紀が炊飯器を持ってきて、グリンピースご飯をよそいはじめた。白いソファの上に、うぐいす色の紙袋がぽつりと載っているのが視界に入った。

「母さん、桜が好きじゃないってほんとなの」

和俊が言うと、さおりは「ええそうよ」と答えた。

「去年も一昨年も、千鳥ヶ淵できれいきれいってはしゃいでたじゃないか」

「そうだ！　そうだよママ、そういえばそうだった」

「そうだけど、今年から嫌いになったの」

「どうして急に？」

「ママにもわからないわ。でもそういうことってあるでしょ。桜だけじゃなくても、食べものにも、服の趣味にも、人にも……」

子どもたちは少し黙ったあと、「ふうん」とため息のような声をもらすだけだった。

「あ、そういえば俺、明日は富子のところに行くから、ご飯いらないよ」

「また？　そんなにひんぱんに行ったら、富子ちゃんが迷惑じゃないの」

「俺が飯作るんだからいいんだ」

「あなたが？　何作るの」

「お好み焼きとか」

「楽しそうね……うまくできたらうちでもやってちょうだい」

麻紀は相変わらず、富子の話題になってからはだんまりを決めこんでいる。しかしもう、以前のような露骨なしかめ面《つら》は見せない。突然の婚約が引き金になったのか、一時は偏執じみた情熱を和俊に抱いていたらしい麻紀も、最近はだいぶ頭が冷えてきたようである。去年最後のひと悶着《もんちゃく》があってから、和俊が家を留守にする時間が増えたのが、やはりよかったのだろう。

和俊は今や、週の半分以上を婚約者のマンションで過ごしている。私が初めて彼を殴ったあの日の翌朝、式を待たずにすぐにでも同棲したいと言い出したのだが、私はそれを許さなかった。物事には、順番というものがある。これまでの生涯で一度も口にしたことがなく、また身に沁《し》みて真理だとも思えないその文句を、私は皆の前で重々しく宣言した。しかし秋に挙げる予定だった結婚式を七月に早めることに関しては、許さぬ理由はなかった。

どちらにせよ重要なのは、誰か一人だけが突然この家からいなくなるのはいけない、ということだ。もしいなくなるのなら、我々は皆で一緒に、いなくならなければいけない。そういうことだ。

ネグリジェ姿で寝室のドアを閉めたさおりは、私のほうには見向きもせず、さっさとクローゼットのドアを開けた。そこからまたたく間に一台の簡易ベッドを引き出すと、布団をフンワリさせてそれらしく整え、スリッパを脱いでベッドに上がった。

「消していいわよ」

そう言われて、私は手元のリモコンで消灯のボタンを押した。

暗い部屋のなか、私は目を開けたままでいる。我々夫婦はもう、おやすみの挨拶も言い合わない。両親の寝室のクローゼットに一台ベッドが仕込んであることなど、子どもたちはよもや知るまい。

私は布団のなかで腕を伸ばし、自分の体が間違いなくベッドの真ん中に位置していることを確かめる。いつもこうして真ん中で眠り始めるのに、朝になると、必ず右の端から落ちそうになるくらいぎりぎりのところで目が覚める。いくら左の端から寝始めても、結果は同じだった。同じであるならば、せめて最初からど真ん中で、堂々と眠りにつきたかった。このベッドを独占するようになった、二十年前からの習慣だ。そしてさおりもまた、私のベッドと垂直の角度に設置した簡易ベッドの上で、二十年間の夜、彼女だけの習慣を実行して過ごし、二十年の朝を迎えてきたのだろう。

「あなた今日どうだったの」

足元から聞こえてきたさおりの声に、私ははっとした。寝室で言葉を交わしたのは、数週間ぶりだった。

「代田橋で、あの子たちに見つからなかったの」

「ああ……」

「ついてたわね」

「しかし、驚いたよ」

「弓子さんはどうしたの」

「あの子たちと出くわしたときは、私しかいなかったんだ。弓子は、一人で帰った」

「一人で？」

「ああ、子どもたちがいたから、気を利かしたんだろうが……」

「気の毒ね」

「……麻紀は、お前がかわいそうだと言っていたよ」

「私が？　どうして？」

「花見にママを仲間外れにするのはよくないと言って……」

「そう……優しいわね、あの子は」

さおりは少しの沈黙のあと、聞き取れぬくらいの小声で何か言った。「私に似なくて、よかった」と聞こえたような気がした。しかし「私行かなくて、よかった」かもしれないし、もしくは「私生きていて、よかった」かもしれない。いずれにしてもだいたい同じような意味だ。聞き返しはしなかった。このまま黙って眠ってしまうつもりだった。が、さおりはそれを許さなかった。

「二人の聖なる桜祭りも、きっと今年が最後ね」

「…………」

「最後だから、きっと、神様が悪戯《いたずら》したのよ……」

「…………」

「ねえ、あなた聞いてるの？」

「ああ」

「何か言ったら？」

「俺には、何も言うことがない」

「あるくせに。あなたずるいのよ。黙ってれば私が勝手に喋ると思ってるんでしょ？」

「ずるいのか……。麻紀にも言われたな、今日」

「それがあなたの本質だからよ。あんなはたちの小娘にだってもう見抜かれてるんだわ」

「そうだな……」

「そういうずるい男に優しい女は弱いのよ。麻紀は気が優しいから心配だわ。ずるい男と優しい女っていうのは、どんな人間の組み合わせより永遠だもの。私が優しい女でなかったことは、あなたの人生の最大の不運ね」

「いや、俺のほうこそ、君には悪いことを……」

「そんな言葉はもう、なんの意味もないの。あなた、二十年経ってもわからないの？」

「いや……」

「ごめんなさい、意地悪言って。でも私、麻紀のことは本当に心配なの。あの子は愛が過剰なのよ。私がついつい、愛しすぎたのかもしれないわ」

「しかし、悪いことじゃないだろう」

「愛しすぎることが？　そうね……でも、誰かが誰かを愛しすぎると、本人ばかりじゃなくて、必ず周りの一人や二人が、一緒にそのとばっちりをくうのよ。本人が幸せだろうと、不幸せだろうとね」

「……君は、とばっちりをくったのか？」

さおりは少し黙って、「くったわ」と答えた。それからは何も言わなかった。もしかしたら私の言葉を待っているのかもしれない。私が何か言うべき番だったのかもしれない。しばらくすると規則正しい寝息が聞こえてきたが、空寝である可能性もなきにしもあらずであるから、油断ならなかった。なぜなら私もまた、規則正しい寝息を意識的に繰り返して、寝たふりをしているのである。

呼吸の速度に気をつけながら、私は今日の夕方、橋の上で見た弓子の姿を瞼《まぶた》の裏に思い描いていた。二十回も同じ場所で同じ姿を見てきたのに、二十通りの彼女の姿は記憶から消え去り、彼女はいつも一通りの彼女だった。初めて会ったときの三十年前の彼女でさえ、今日の彼女と同じだった。

あの年、私は十九で、弓子は二十一だったにもかかわらず。

我々は桜の季節に、代田橋の公園で出会った。

当時私は私大の経済学部の学生で、弓子は惣菜工場で働く工員だった。

あの四月の金曜の夜、「花見をしているから来い」と級友たちに呼ばれて公園に行くと、彼らの座るゴザのすぐ隣に、作業ジャンパーを羽織ったグループが同じように宴会をしていた。水色のジャンパーの背中が、揃いも揃ってくたびれていた。私は舌打ちをしたいような気に駆られたが、すぐに男ばかりの集団のなかに女が三、四人まじっていることに気がついた。皆若く、おとなしく、騒がしい男衆のようすに時々顔を見合わせながら、手持ちぶさたに酒を飲んでいる。最初はゴザの上で寝そべってなんとなく眺めているだけだったが、いつからか私はそのうちの一人から視線をはずせなくなっていた。ジャンパー越しにもわかる、竹久夢二の絵から抜け出してきたような撫で肩の、優しそうな女だった。私はさりげなく体を起こして靴を履き、女たちが座っているシートの向こう端まで歩いていき、彼女に直接名前を聞いた。ジャンパーの襟元から、水色のシャツの襟がのぞいていた。彼女はたいして驚きもせず、私が来ることを待っていたかのように「ユミコです」と名乗った。「弓矢の弓で、弓子です」

私はそのまま彼女を連れ出して桜の下を歩き、適当なところで腰を下ろし、座り疲れたらまた歩いた。今と違って、私と弓子はお喋りだった。会話は永遠に続きそうだった。私は彼女を家まで送った。彼女は公園から一時間ほどかかる、世田谷線沿いのアパートに下宿していた。当然のごとく部屋に入ろうとする私を、彼女は優しく拒んだ。

「だって私たち、すごくいいお友達になれそうだもの。今だけの情熱に浮かされて、私たちの一生続くかもしれない友情を台無しにするのって、もったいないと思わない……？」

そう言って、彼女は私を春の闇に押し返したのだった。

私たちはそれから頻繁に会うようになったが、彼女は我々の生まれたばかりの友情がひどい形で絶命しないよう、常に気を配っていた。夜に食事の約束をすると、弓子はそれはないだろうという形の眼鏡をかけてきた。そしてあからさまにサイズの合っていないセーターやスラックスをはいて、平気な顔をしていた。私は、それも私たちの友情のためなのかと思って、白けた。しかしやけになってそれをからかうと、弓子はたちまち顔を赤くして「体の大きな姉がいて……」と恥じるのだ。しかしその恥じらいの割には、次に会うときも、彼女はだいたい同じような恰好をしていた。

工員として、貧しくともなんとか自活できるはずの若く美しい彼女が、二十一歳になっても体の大きな姉と洋服を共用しなくてはいけない……。嘘でなければ、それがどういう意味を持つのか、私は考えた。結果、百貨店の婦人服売り場に行き、弓子と同じような体型の店員を見つけ、ブラウスからスカーフ、スカート、靴下までの一式を買って、プレゼントした。彼女はこんなものはもらえないと一度は断ったけれど、半ば強引に包みを押しつけて帰ると、その次の食事のときには、スカートだけをはいてきてくれた。

そのころすでに洋菓子の道に進むつもりでいた私は、都内の有名な洋菓子店を調べ回り、彼女を連れて食べに行くことに週末を費やすようになった。生クリームを食べると苦しくなるという弓子には迷惑だったかもしれないが、私は楽しかった。こんな週末がいつまでも続くだろうと思っていた。大学を卒業して洋菓子の専門学校に入ると、弓子は大学時代にいっそう進行した私の肥満の具合を気にし始めた。そうやって順調にふとり続けたら、あなたはきっと早死にしてしまう、あなたが私より先に死ぬようなことがあったら、私は死ぬほど悲しいだろう！　弓子はそう言った。私はその日から一時間半かけて歩いて学校に通い、試食の洋菓子以外はキャベツしか口にしなくなった。半年後には、私は見違えるようにひょろひょろとした青年になっていた。

たまには洋菓子ではなく和菓子が食べたいと言った弓子のために、私は専門誌をあさり、その道に詳しい何人もの学友に助言を受け、四国の山奥にある一軒の和菓子屋の存在を知った。私は運転免許をとるという名目で二人分の旅費を親からだまし取り、弓子と四国に渡った。そこで食べた豆大福が私の人生を変えた。話に聞くほどその大福はうまくはなかった。しかし弓子にとっては、違ったのだ。それは大福の形をした、別の何物かだった。「私のちっぽけな人生で、こんなにおいしいものをこんなにきれいな緑のなかで食べられるなんて、思ってもいなかった」弓子は目に涙をためて言った。「連れてきてくれてありがとう」

この日から、私は洋菓子の道を捨て、和菓子の道に進むことを決めた。

しかしながら、私と弓子は出会って数年経っても、いっこうに男女の関係にはならなかった。我々は、弓子の言う「一生続くかもしれない友情」に身を捧げ、互いを敬い続けていた。いや、正確に言えば、私は彼女の前ではそんなふりをしていた。だから時折やりきれなくなって、泣いたこともあった。二人の未完成の友情の前で、私は完全に無力だった。

知り合って五年目のことだ。弓子が法事のために一週間田舎に帰ることになった。一人東京に残った私は、洋菓子学校時代の仲間に呼ばれてコンパに行った。

そしてそこでさおりと出会った。

さおりは都内にいくつか店舗を持つ、老舗の洋菓子屋の一人娘だった。育ちのよい娘に特有の屈託のなさと賢さと美しさに私は抗うことができず、いや、抗うつもりなど最初からなかったのだ、つまり若い驕《おご》った心と冒険心から一晩を共にした。弓子は一週間では帰ってこなかった。それで私は次の週もさおりを誘った。田舎の祖母の具合が悪いと言って、弓子は惣菜工場の仕事を辞め、病状が良くなるまで看病してから帰ると電話をよこした。そのころにはすでに、私はさおりに夢中だった。さおりは都内に借りている2DKのマンションに私を自由に出入りさせるようになった。

いつからか、私は三日に一度はかけていた弓子への電話をかけなくなった。実家にかかってくる電話も、三度に一度は居留守を使い、それがやがて三度に二度になった。まもなくしてさおりが妊娠した。それは二ヶ月ぶりに出た電話口の向こうで、「来週、帰れることになった」と明るい弓子の声を聞いた、次の日のことだった……。

そこまで思い出すと、私は突然疲労を感じた。年に一度、弓子と花見をした夜は、必ずこんなふうにすべてを思い出さなくてはいけないような気になる。

急激に眠りにひきこまれていく意識のなかで、眼鏡にゆるいスラックス姿で微笑む弓子と、ウェーブをかけた長い髪を振って、ディスコで踊り狂っているさおりの姿がまじり合って、ただの暗闇になった。

翌朝、店の厨房に入ると従業員の大澤君と河野君がすでに仕込み作業を始めていた。

「おはよう。昨日、大丈夫だったかい」

声をかけると、兄貴分の大澤君が「はい、大丈夫でした」と答える。昨日は餡の仕込みを二人に任せてあったのだった。弟子たちには、菓子の研究のためなら、ここにあるものはぜんぶ自由に使ってよいと言ってある。定休日である月曜も、二人はほぼ毎週ここに通ってきて勉強している。彼らは熱心で、気持ちのよい若者だった。私は彼らが好きだった。若いころの自分を思い出すからではない、その逆で、二人を見ていると、自分が若かったことなど一度だってなかったような気がしてくるからだ。

どれ、と私は鍋の蓋を開けて餡の具合を見た。どの豆も均一にふっくら炊きあがっていて、二人の腐心が感じられる。

「いいね。ありがとう。しかし二人ともさすがに疲れてるだろう、先週は忙しかったからね……」

「桜餅もイチゴ大福も午前中にぜんぶ売りきれたって、奥さん喜んでましたね」

「季節だからな。今ががんばりどきだ。もうちょっとしたら少しは落ち着くだろうから、辛抱してくれ」

ハイ、と二人は威勢の良い返事をした。私は注文票で今日の予約分を確認し、桜餅のほうは彼らに任せ、自分は同じく季節もののイチゴ大福からとりかかることにした。

求肥《ぎゆうひ》の計量が終わり材料を鍋に入れる前に、若い二人の弟子の姿をさりげなく窺ってみる。河野君はまだ来て三年だから、いろいろと頼りないところはあるが、大澤君のほうはこうして盗み見ていても安心できる。餡の仕込みも成型も大澤君の仕事は丁寧で、それでいて男らしい荒っぽさというか、良い具合の野性味があるように思う。そのわかるかわからぬかくらいの野性味がいい。それは菓子の味には表れないが、豆や砂糖と同様に大事な素材の一つだ。和菓子と言わず、ものをつくる人間はひたすら繊細なだけではだめなのだ。この点で、大澤君が私よりも優れていることは明白だった。大澤君はここで働いてもう十年近くなる。来た当初は、大学を出たばかりのひよわな青年だったのに、いつのまにか作業着越しに見てとれるほど腕の筋肉もついて、だいぶ貫禄が出てきた。あと何年もしないうちに、独り立ちしてもおかしくはない。しかしそれは少し早い。和俊が一人前になるまでは、ぜひとも彼にいてもらわなければ、いろいろと不便が生じるだろう。

開店の三十分前になると、弓子がやってきた。弓子は厨房に顔を出して朝の挨拶をし、エプロンをかけて玄関の掃除に出ていった。昨日の私との逢瀬などすっかり忘れてしまったかのような、いつもの無表情だった。私はそれを見てほっとしたが、同時に少し寂しくもあった。

「あの、店長、これどう思いますか」

気づくと河野君が横にいて、私はぎくりとした。持っているタッパーのなかに、見覚えのない色と形の菓子が入っている。

「なんだいこれは。練りきりか」

「昨日大澤先輩と作ってみたんです。試作ですが、弓子さんに……」

「弓子さんに？」

「今日お誕生日って聞いたもんで……弓子さんをイメージして作ってみたんです」

練りきりは厚みのある貝殻に似た形をしていて、橙色《だいだいいろ》から柔らかな卵色へ美しいグラデーションになるよう、表面に薄い層が何枚も重ねてあった。

「これが君たちの弓子さんのイメージなのか」

「はあ……」

「あの、店長、マドレーヌってありますでしょう。あれです、あれ」

河野君に代わって大澤君が答える。

「弓子さんのマドレーヌは、とてもおいしいから。めったなことでは作ってくれませんけど……このあいだ、うちの犬に赤ちゃんが生まれたときも、お祝いに作ってくれたんですよ」

マドレーヌと聞いた途端、私は膝から崩れ落ちそうになったのだが、二人の若者の目に映る表情は変わらなかったはずだ。

「マドレーヌか。そうだね。ああ……確かに、弓子さんを表すのに適切だよ……。それにしてもなかなかうまくできてるじゃないか。形もいいよ。きっと嬉しがるだろう。早く包んで、店が始まる前に渡してあげなさい」

二人は顔を見合わせて、嬉しそうに笑った。そして準備していたらしい小箱にいそいそと菓子をつめ、丁寧に包装紙で巻いて、赤いリボンをかけ、外から戻ってきた弓子に「お誕生日おめでとうございます」とふかぶかと礼をして差し出した。弓子はまあ、と驚いて、持っていたほうきとちりとりを下に置いてそれを受け取った。

私は厨房の暖簾《のれん》越しに、その光景を見ていた。嬉しそうに包みを開ける弓子。それはオーブンをのぞきこむ三十年前の彼女と少しも変わらなかった。彼女にマドレーヌ作りを教えたのは他でもない、私だ。短かった洋菓子学校時代に、唯一私が彼女に教えた菓子がマドレーヌだった。弓子の家の古いオーブンではへその部分がうまく膨らまなかったが、何度も作るうちに我々はコツをつかんだ。いつか私がプレゼントした、八個分のマドレーヌが焼ける銀色の型……彼女は今でも、あの型で菓子を焼いているのだろうか……？　弟子たちが厨房に戻ってきたので、私は過去を振り返るのをやめ、自分の作業に集中した。ロケットの設計をする工科学者の寡黙さで菓子を作るのが、私の数少ない信条の一つなのだから。

大福ができあがると、私は最も上出来の二つをタッパーに入れて、作業台の隅に置いておく。そこに置いておくと、弓子が昼休憩のときに家まで持っていってくれる。そしてその大福を、学校から帰ってきた麻紀が食べる。

私と弓子はふだん、店ではめったに口をきかない。このタッパーのやりとりだけで結ばれている、実に、実に味気ない関係の二人だ。

「父さんと母さんの式のときは、余興誰に頼んだ？」

夕食が終わるころ、和俊がおもむろに聞いた。

「え？　余興？」

「余興だよ、結婚式の余興。誰に頼むか迷ってるんだ」

「余興も何も、母さんたちは式なんてしなかったのよ」さおりが答えると、「エッ！」と麻紀がゆで空豆をつまもうとしていた箸を止めた。

「パパとママ、式挙げてないの？」

「そうよ」

「どうしてえ？　でもあたし、式の写真見たことあるよ」

「写真だけは記念に撮ったのよ。大きくなったあなたたちに見せるためにね」

「式挙げなかったのって、それ、かけおちしたから？」

和俊が聞いた。さおりは「まあ、そうね」と答えてから、「ね、パパ？」と私の顔を見た。

「ああ、そうだ。挙げたかったが状況が状況だったからな。パパもママも、おじいちゃんたちと派手に喧嘩して勝手に結婚したもんだから」

「ふうん……」

「麻紀や和俊の結婚式には、おじいちゃんたち来るといいな」

「来るといいなって、結局父さんはこないだおじいさんち行かなかったじゃないか。俺、初めて会ったから緊張しちゃったよ。恵子おばさんがついていてくれたけどさ、おじいさんて人に向かってどんな喋り方すればいいのか、俺わかんなかったよ」

「しかし、認めてくれてよかったな。いとこ同士だから、何か難癖つけてくるだろうとは思ったんだが……」

「父さん、これを機会に仲直りしたら？　ずっとへそ曲げてるなんて大人気《おとなげ》ないよ。かけおちなんてそのときだけのことで、今はこうしてみんな幸せに暮らしてるんだから、そんな面倒なことぜんぶ水に流しちゃえばいいじゃないか。おじいさんもおばあさんも、口では悪口言ってたけど、父さんのこと嫌ってはいないと思うよ。なんだかんだ言って、結局血のつながった親子なんだから」

「嫌ってはいないかもしれんが、まだきっと憎んでいるよ……」

「なんだよそれ、嫌いも憎いも同じことだろ」

「いや、同じようでまったく違うんだ。好きなのに憎いということが、いちばんの問題なんだ……」

「わかるかも、それ」

麻紀は皮肉に笑った。その笑いを受けて、さおりが言った。

「カズにも麻紀にも、悪いことしたわね。ママたちが若いうちに勝手に家を出てきちゃったから、あなたたちはおじいちゃんおばあちゃんってものを知らないで大きくなっちゃったわね」

「いいよそんなの。お年寄りなんて、あたし興味ない。ぶつかっただけで死んじゃいそうで怖いんだもん」

「いや、麻紀、お年寄りはそんなに簡単には死なないんだよ。お年寄りは尊敬しなきゃいけないよ。

なんていったって、麻紀の何倍も生きてるんだから、それなりに丈夫にできてるんだ」

「そう？　でもパパのほうのおじいちゃんって、ハンサムだよね。このあいだ兄さんの撮ってきた写真で見ただけだけど、あたし、このおじいちゃんなら好きになれそうだと思った。でもおばあちゃんは意地悪そう。それにすごく小さくて、痩せてるの。お茶碗渡しただけで、ふっとんじゃいそうよ」

「今度一緒に遊びに行ってきたらどうだ」

「あたしが？」

「カズと富子ちゃんと」

「やだ」

「そんなこと言わないで、麻紀、行ってらっしゃいよ。みんな孫なんだから、おじいちゃまたちはきっと喜ぶわよ」

「だったらパパのほうのおじいちゃんちじゃなくて、ママのほうに行きたい。ねえママ、おじいちゃんたちはどこに住んでるの？　今何して暮らしてるの？」

「それはね、内緒……」

「どうしてよ。どうして内緒なの」

「そうだよ母さん。富子とも話しあったんだけど、やっぱり母さん方のおじいさんおばあさんも式に呼ぶべきだよ。過去に何があったのか知らないけど、もういい加減時効だろ。俺たちの結婚ついでに、さっと和解しちゃえばいいじゃないか」

さおりは肩をすくめて「悪いけど、ママのほうはあきらめてちょうだい」と食卓を離れた。和俊も麻紀も腑に落ちないような表情をしていたが、顔を見合わせていったんはあきらめたようだった。

「カズ、式の準備はどんな具合だ？」

「ああ、滞りなくやってるよ。そうだ、再来週の日曜、みんなで式場に行って、そのあと食事しない？　夕方からだったら、店のほうは大澤君たちに任せたっていいだろ」

「そりゃそうだけどな……父さんたちも式場に行くのか？」

「富子がドレス着るから、みんなの意見も聞きたいって」

和俊はちらりと隣の妹の表情を窺った。麻紀は機械的な速さで空豆を次々に口へ運んでいた。

「そうか。富子ちゃんは元気か。最近顔見てないな」

「元気だよ。先週からブライダルエステに行ってる」

「お前はエステしなくていいのか？」

「俺はそんな必要ないだろ」

「じゃああたしやっていい？」麻紀が手を止め、横から口を出した。「兄さん、そのぶん予算余ってるなら、やらせてよ」

「予算が余ってるなんて一言も言ってないだろ。仮に余ってるとしても、俺の顔をピカピカにするより披露宴の料理か引き出物に使うよ」

「一生に一度のことなんだから、一回破産する覚悟で何でも豪華にしちゃえばいいのよ。引き出物だって、あたしだったら、あんな重たい紙袋はやめにして、いいものをちょっとだけにして、あとでみんなの家に送ってあげる」

「でも手ぶらで帰るのは、なんか物足りなくないか？　ちょっとぐらい重たかろうが、袋がでかくていっぱい入ってたほうが、もととったって感じするだろ」

「そんなのいやしいよ。式に来る人は、福袋をもらいにくるんじゃなくて、兄さんたちをお祝いに来てくれるんだよ」

「だからこそ、いい気持ちで帰ってほしいんだよ」

「あんな紙袋でいい気持ちになるの？」

「だったら麻紀は何がいいんだよ」

「あたしは何もいらない。テーブルのお花だけもらえればいい。ううん、お花がなくたって、二人が絶対に永遠に愛しあうってあたしに誓ってくれればいい。ね、パパ？　結婚式を挙げる意味って、本当ならそういうことじゃないの？　みんなの前で、そこにいるみんなの命にかけて誓うってことがいちばん大事なんじゃないの？」

麻紀の目は真剣だった。その純粋無垢な眼差しを前にすると、私は決して嘘は言えなかった。

「そうだな。誓うってことは大事だ、何よりも。しかし誓った者には責任が伴う。そしてその責任をまっとうするのは、実に、実に難しい」

「でもそれが、結婚っていうものでしょ？」

「そうだ。難しいが、挑戦する価値があるものだ。挑戦して、努力し続けた人には、素晴らしいプレゼントが贈られる。カズや麻紀のような優秀な子どもたちや、自由にできる庭や、心の安静や……」

和俊のポケットで携帯電話が鳴り始めた。彼はその場で通話ボタンを押し、食後の茶の用意をして戻ってきた母親に「後で」というようなジェスチュアを見せ、二階に上がっていった。

「あの子、新居のことはどれくらい決めたのかしら？」

さおりは三人分の茶を湯のみに注ぎながら言う。

「ああ確か、富子ちゃんが住んでるマンションの、もっと広い部屋に越すって言ってたな」

「それっていつごろを考えてるのかしら。式の前だったら、家具とか、いろいろ今から揃えなきゃいけないわよね」

「あたし兄さんにルンバあげたい」

「ルンバ？　ルンバってなんだ」

「パパ知らないの？　自動掃除機よ。ＵＦＯみたいなやつが勝手に掃除してくれるの。ねえ、今度の月曜見に行こうよ。ママが桜を見るのが嫌なんだったら、兄さんは抜きにして、三人で銀座かどっか行って、おいしいもの食べて帰ってこよ」

「ママはいいわ。あなたたち二人で行ってらっしゃいよ」

「ママ、桜も嫌いで銀座も嫌いになっちゃったの？」

「今度の月曜はお豆腐屋の二階でお花の教室なの。奥さんがなんだか有名な先生を呼んだらしいわ。きっと夕方には疲れちゃうから、ママはおうちで留守番してる」

「そう……」

麻紀は残念そうだった。が、「パパと二人でいいじゃないの」ととりなされると、「それもそうね」と、私のほうを向いた。どんな顔をすればよいかわからぬ私に、麻紀はどんな頑固者でも心を溶かさずにはいられないであろう、世にも幸福な娘らしい笑みを浮かべてみせた。小さいころ、一口大に切った大福をその口に放りこんでやったあとに見せた笑顔が、今、再び私の目の前にあった。私はその笑顔を見て、この子はもう、愛を与えるほうの人間なのだと感じた。さおりがきっと、そのように育てた。

彼女は麻紀を「愛しすぎた」と言った。

しかし愛する気持ちを示す単位などどこにもない。適度な愛などどこにもない。

愛しすぎるか、愛が足りないか。

我々は、常にどちらかしか選べない。

有楽町のビックカメラでルンバを見たあと、麻紀は和光のチョコレートサロンに行きたいと言い出した。しかし私は三越のラデュレに行ってみたかった。そう告げると、麻紀は呆れた顔をして、「なんで?」と聞いた。

「パパも、マカロンが食べたいんだよ」

「いいけど……女の人ばっかりだよ。それにきっと混んでるし、うるさいし、座ってるとちょっとだけいらいらする。買って帰るんじゃなくて、あそこで食べたいの?」

「ああ。ちょっとくらい、いらいらしてもいいよ。たまにはね。それに、麻紀と一緒じゃないと、そんなところは入れないだろうから……」

「そんなことないよ、時々おじさんが一人でマカロン食べてるよ」

「へえ、パパみたいなおじさんが?」

「そう。しかも、ねずみみたいにすっごくチビチビ食べるの。周りの若い子なんかは、気になって見てるんだけど、もちろん誰も何も言わないの」

「気持ちは少しわかるな。その人は、自分を罰しようとしてるんじゃないかな」

「マカロンを食べて自分を罰するの?」

「麻紀だって、罰だと言って大福ばっかり食べてたときがあったろう」

「あたしの大福とおじさんのラデュレじゃ意味がぜんぜん違うよ」

「同じようなものさ」

「あたし、ちょっと、太っちゃったかな……」

麻紀は急にしょんぼりとうつむき、スカートをはいた腰を両端からぎゅっとつかんだ。

和光の前の交差点まで歩いてくると、向かいの三越の二階にラデュレの喫茶室が見えた。若いのも年老いたのも皆、女ばかりだった。「ほんとに行くの?」麻紀は念を押したが、私は「ああ」とだけ答えた。二階に上がって店に入ると、長身の若いウェイターがうやうやしい所作で我々を壁際の席へ案内し、水のグラスを運んできた。麻紀はしばらくメニューを見ていたが、途中で突然疲れたらしく、ぱたりとメニューを閉じて先のウェイターを呼んだ。やってきた彼に、麻紀はやや不機嫌な態度でピスタチオ味のアイスクリームとマカロンのセットを頼む。マカロンの味を三種類選べと言われ、さらに不機嫌味を帯びた声で「ぜんぶピスタチオ」と答える。それで私も、同じセットの全チョコレート味を頼む。勧められた紅茶も頼んで、ウェイターが行ってしまうと、麻紀は改めてざっと店内を見回した。

「麻紀、もういらいらしてるのか?」

「思い出した。ここがなんでいらいらするかって、いちばんの理由はね、頼むときに迷わなきゃいけないからなの」

「どこだってそうだろう」

「ここはいちばんひどいよ。でも、パパ、パリでここのマカロン食べたの、覚えてる？　小さいお店で、あのときは全部の味を買って、みんなで外のベンチに座って食べたの。だからいらいらしなかった。あのマカロン、おいしかったけど、すっごくおいしいってわけでもなかったね」

「そうかな。パパはすごくおいしいと思ったよ。みんなで食べたからかな。それとも、天気がよかったからかな」

「でもお土産にあげて、いちばん喜んでたのは弓子さんね。こんなお菓子見たことないって言って……あのとき、多めに買っていってよかったね。だからこないだのお誕生日も、ここのマカロンにしたの。すごく喜んでくれたよ」

麻紀は運ばれてきた銀の器から、直接薄緑色のマカロンをつまみあげ、トマトでも食うように大きく口を開けて齧《かじ》った。少々行儀が悪いが、私も真似をした。久々に食べる洋菓子の味は、記憶の細い管をつたって、私の心の最も暗く冷えた場所に、淡い幸福感と共に落ちてきた。

「うまいな」

「ね」

「弓子さんもそりゃ喜ぶだろう」

「マカロンなんて、もうたいていのお菓子屋さんには売ってるのにね」

「弓子さんには、珍しいんだろう」

「弓子さん自体が、珍しい人だと思うけど！」

「弓子さんが？　どうしてだ」

「なんか、見た目は普通のおばさんなのに、心は十五歳のまま止まっちゃってるみたいな……なんだか、世間知らずな感じ。いい意味でよ。あたし、弓子さん大好きだもん。人に意地悪したこととか、人を悪く思ったことなんか、一回もないって感じ」

麻紀は一つ目のマカロンを食べ終えると、二つ目を額の高さに持ちあげて、裏と表をひっくり返して翳った。

「それに、お店に対する忠誠心みたいなのもあるでしょう。あたしがちっちゃいころから、ずっと働いてくれてるんでしょ？　ねえパパ、どうして弓子さんをパートじゃなくて、正社員にしてあげないの？」

「それは、弓子さんにもいろいろあって……」

「弓子さんが嫌がってるってこと？」

「嫌がっているというか……何か事情があるんじゃないか」

ごまかすのだって、もう少しまともなごまかし方があってしかるべきだろう。よりによって娘の前でそんな陳腐な言い訳を口に出すことで、私は弓子を遠隔操作でいたぶってしまったような気がした。

「大人の事情ってやつね……そんなのばっかり。あたしには全然わかんない」

二人共、同じペースで二つ目のマカロンを食べ終えていた。私は溶けかけたアイスクリームの山に寄りかかっている、ぼってりとした最後のマカロンの形を見つめた。ルンバに似ている、と思った。

「ルンバ、本当にお利口だったたな。自分から充電器に戻るなんて、偉いな」

「そうでしょ？　結婚のお祝いに、あたしからあげるの」

「もう慣れたか」

「慣れたって、何に？」

「カズの結婚に」

「まだ結婚してないでしょ！　兄さんは、婚約中なの」

「麻紀、人生には受け入れるしかないことがあるんだ。兄さんの結婚なんて、いろいろあるなかでもいちばん難易度の低い受け入れだよ」

「わかってる。でも……」

麻紀はスプーンを手に取り、銀の器のふちをなぞりながら言った。

「パパ、このあいだ自分で言ってたでしょ。嫌いじゃないのに憎んでしまうのがいちばん問題なんだって」

「ああ……」

「あたし、兄さんが好き。富子さんだって、ずっと前に比べたら、今のほうがずっと好き。きっとこれからも、時間をかけて好きになれると思う。努力したいの。でも、いくら好きになっても、憎らしさが減るってわけじゃないと思うの。だってあたしは今この瞬間も、兄さんが憎たらしいんだから」

「兄さん兄さんって、麻紀は、他に好きな男の子はいないのか」

「好きな男の子？　いない。くだらない恋はもうしないって、あたし決めたんだ。だから次にするとしたら、直感でする、本気の恋よ。この人だって人が現れたらあたしはすぐに行動するの。憎らしさが生まれる前に、四の五の言わずに、全力でその人を世界じゅうから奪ってやるの」

「世界じゅうからか……。しかし麻紀、そんな一時的な恋心のせいで、その人と一生続くかもしれない、優しい友情とか、心休まる関係を台無しにするのは、もったいないと思わないのか……」

こんなことを言ったのは、もちろん弓子を思ってのことだった。三十年前の夜、出会ったばかりの弓子はそう言って、私を春の闇のなかに優しく押し返したのだった……。

しかし、そんな感慨に浸る時間を長く与えず、我が娘は答えた。

「でもパパ、その逆は？」

「ん？」

「その逆で、あたしの一生続くかもしれない恋心だけが、たった一日、もしかしたらたった一分間だけだったかもしれないその人との素敵な関係を、永遠に引き延ばすことができるんだとしたら？」

麻紀は最後のマカロンを、同じ色のアイスクリームのなかに沈みこませた。

「あたしはそれだけが、恋とか情熱の価値だと思うの。一瞬のものを永遠にするのが、そういうのいいところだと思うの。でもね、逆に言ったら、そういうもののせいで、世の中にはパッと済むはずのことがなかなか片付かないで、面倒なままにほったらかされてることが多くて、それでみんな苦しむの。そうじゃない？」

麻紀はマカロンをアイスクリームのなかに完全に埋めてしまうと、紙ナプキンでスプーンをきれいに拭き取り、改めて端のほうから掬《すく》って食べ始めた。

動作にまだあどけなさの残る二十歳の美しい娘がそのように恋や情熱のことを語る姿を前にして、私は悲しみに近いような感情を覚えた。三十年前の私たちは、今麻紀が言ったことを、果たして知っていただろうか？　いや、順番が逆だ。私たちが知っていたから、麻紀が知っているのだ。

黙っている私を心配したのか、麻紀はふいに目線を上げた。

「へんなこと言ってごめんね、パパ。あたしはパパに似て、ロマンチストなの。でもちょっとは賢くなったでしょ?」

「麻紀はもう、じゅうぶん賢いさ……」

「でもあたし、お父さんの星の話、いまだにちょっと信じてるんだ」

「お父さんの星の話?」

「覚えてないの? あんなにあたしを泣かせたのに?」

「それはパパがした話か?」

「忘れちゃったんだ。大人ってほんと無責任なんだから! ちっちゃいあたしは、あれで何百回と泣いたのに……」

「どんな話だ、それは。パパは忘れた。教えてくれ」

麻紀は「いいよ」とにっこり笑った。

「あのね、パパはあたしたちみたいに地球で生まれたんじゃなくて、お父さんの星から来たんだって。お父さんの星っていうのは、たくさんお父さんたちが住んでいて、地球に子どもが生まれると、ハイ君はこの子のお父さんになってくださいって命令されて、地球に落っこちてくるんだって。それで、その赤ちゃんが立派な大人になったら、役目を終えて、お父さんの星に帰って、また新しい赤ちゃんが生まれるのを待ってるの。待機中のお父さんたちは、みんなで家を作る練習をしたり、将棋をしたり、走って体を鍛えたり、お酒を飲んだりしてるの。パパはそこでお菓子を作る係だったから、地球上でもお菓子を作ってるんだって」

そんな頓狂な話を聞かせたことを、私はまったく覚えていなかった。しかし麻紀は口の端に、アイスクリームの薄い緑色と少しの寂しさをにじませて続けた。

「それでね、その話をするとき、毎回じゃないけど、パパは言ってた。早くお父さんの星に帰りたいって。だから麻紀が大きくなるのが楽しみだって。大きくなって、誰かと結婚することになったら、結婚式の教会に、お父さんの星からお祝いのお菓子をたくさん投げてあげるよって。そんなこと笑いながら言うの。でもあたしは、パパがそうやって笑うとき、すごく悲しかった。早く星に帰りたいなんて、パパは、もしかしてあたしたちと一緒にいたら幸せじゃないんじゃないかと思って……。朝起きたら、ママと兄さんとあたしを置いて、パパはもういなくなってるんじゃないかと思って……」

「パパもつまんない作り話をしたな。すまなかった」

「そうでしょ？　あたしがチビなのって、絶対そのせいじゃない？」

麻紀は笑いながら言った。

「でもね、今でもときどき、そんなふうに思うの。毎日学校から帰ってきて、台所に大福のタッパーが置いてあるのを見るたび、あ、まだパパは星には帰ってない、でももしかしたら、これが最後の大福なのかもしれないって思うの。だからあたしは、パパの大福を絶対にいい加減な気持ちでは食べられないの」

「パパには帰る星なんてないよ。しかし広い宇宙だからね。お父さんの星というのは、もしかしたら、どこかにあるのかもしれないね……」

「そしたら、パパ、帰りたい？」

麻紀はふと手を止めて、真剣な顔で聞いた。

「例えば今晩にでも、お迎えが来たら、パパ、帰りたい？」

銀の器のなかで、アイスクリームに埋めたマカロンはもう半分以上も顔を出していた。表面がひび割れて、色が濃くなっていた。私は視線をそらし、テーブルに置かれた小さなばらの花瓶を見つめた。透明なガラスの水のなかで、細い茎は震えているように見えた。私はその表面を覆う細かな泡の一つ一つに、触れてみたかった。

「いいや」

私はゆっくりと首を振った。

「パパが帰る先は、いつだって、あの家しかない」

麻紀は私と弓子の娘である。

さおりとのあいだにできた子ではない。

しかし、麻紀は私とさおりの娘として、今まで育ってきた。さおりは本当によくやってくれた。おそらく自分の子として持てる以上の愛情を持って、麻紀を育ててくれた。

麻紀にも和俊にも、このことは知らせていない。

しかし事実を明かすときは刻々と近づいている。

そもそもすべての原因は、私と弓子の関係が、五年間という若い時代にしてはあまりに長いあいだ、何色にも染まらない空気を帯びていたことにあった。

さおりが和俊を身ごもったとき、私は現実に強く腕をつかまれ、生まれて初めて、実在する一人の女と共に自分の足で地表に立っている感覚を得た。五年近くも弓子と宙に漂っていた私は、その感覚が恐ろしかった。しかしそこでさおりとお腹の子から逃げてしまえば、自分は再び重力を失い、永遠に宙をさまようことになるに違いなかった。私はそのことをより恐れた。そうなると、私の選ぶ道は一つしかなかった。しかし彼女の両親が、この結婚に強く反対した。私が修業中の和菓子職人であることもいけなかったし、両親に紹介するより先に妊娠させたことももちろん悪かった。さらに悪いことに、当時のさおりには、家族ぐるみの縁談で得た半分婚約状態の男があった。彼女の両親は私の顔を見る前に私の両親に会いに行き、いくらかの現金を置いて帰ろうとしたそうだ。しかし彼らも誇り高い人たちだったから、その金を受け取るどころか、父など憤慨して封筒ごと相手の父親の顔面に投げつけてしまった。そのせいで彼の額に痣《あざ》ができたということは、それだけの厚みの現金が入っていたということだろう……。私は両親の大人気なさを罵った。激昂した父から私をかばおうとした母にさえ、私の呪わしい言葉は容赦なく降り注がれた。そうなると事態はもはや我々の手を離れ、空中分解するのを待つのみとなった。当然のことながら、若さ特有のナイーブさで、当時の私とさおりには、世界のすべてが自分たちの敵のように感じられた。我々はいつになるとも知れぬ空中分解の開始を待つのをやめ、すべての血縁関係を捨てて、二人きりで結婚することに決めた。

和俊が生まれてすぐに、私は一念発起して修業先の和菓子屋を辞し、大学入学時からの貯金をはたき（とはいっても、その口座の開設時には母の計らいで五百万近い額が振り込まれていた）、烏山に自分の店を持った。さおりも自分の預金から半額を負担してくれたが、そのせいか、店の外装や商品の見せ方には驚くほどのこだわりを見せた。開店した直後は、客もよく入った。しかしそれは長くは続かなかった。ただ我々は、赤字になったからといってやすやすとやめることなどできなかったのだ。私にもさおりにも、帰る場所などなかった。どんなに苦しくても親だけには頼るまい、何よりその点で意見が一致していた。

夜泣きがひどかった和俊を交代であやしながら、あのころの我々は、文字通り、寝る間も惜しんで働いた。お嬢さん育ちのさおりに苦労はさせたくなかったが、彼女は意外なほど粘り強く、才覚もあった。さおりは時に自ら困難な道を選び、思いきりもよく、私が何か致命的なミスをしても声を荒らげることは一度としてなく、ベテラン教師のように夫を穏やかに諭すだけだった。

和俊が三つになったころ、不断の努力の甲斐もあって店はようやく軌道に乗り始めた。和俊は昼間保育園に預けられることになり、私とさおりはそれまでの苦労からようやく解放されたような気持ちになっていた。

必死で働いていた三年間、弓子のことを一度も思い出さなかったわけではない。とうの昔に連絡は絶えていたが、彼女とのほろ苦い思い出は、私の脳裏から決して追放されはしなかった。しかし正直なところ、あれだけ焦がれた彼女の姿は、幼少時によく見た夢や、通学路で毎日見ていた壁の落書きのように、あえて実体を確かめる必要もない、ひどくおぼろげなものに変わっていた。

しかし私は甘かったのだ。見くびっていた。弓子は夢でも通学路の落書きでもなかった。単に一人の女だったのだ。

彼女は突然やってきた。

厨房と接客スペースを区切る暖簾越しにその姿を見たとき、私は終わったと思ったものが終わっていなかったこと、始まったと思ったものが始まっていなかったことを知った。

弓子は相変わらずゆるいスラックスをはいていて、あの垢《あか》ぬけない眼鏡をかけていた。しかしスラックスも眼鏡も、彼女のそれぞれの幅には余りすぎているように見えた。会わなくなってからの数年で、私が妻も子どもも店も得たのに対して、弓子は何も得ていないのだということがすぐにわかった。それどころか、ただでさえ少ない持ち物をさらに強奪されてしまったようにも見えた。

「お久しぶりです」

そう言って、弓子は頭を下げた。レジの横に立っているさおりは、笑顔で「お知り合い？」と私に問いかけた。私は、弓子のような友人を持っていたことをさおりには知らせていなかった。

「ああ……」

「突然おじゃましてごめんなさい。お店を持ったと聞いたものだから……」

弓子は急に顔を赤くして、ずり落ちそうな眼鏡の位置を直した。

「いや……」

「お忙しいところ……」

「いや……」

我々のぎこちないやりとりをにこにこしながら聞いているさおりに向かって、私は言った。

「学生時代の、古い友達だよ。鮎川弓子さんだ。弓子さん、こちらは、私の家内です」

「さおりと言います。宜しくお願いします」

さおりは丁寧に頭を下げた。その堂々とした振る舞いを前にして、弓子はさらに顔を赤らめ、直したばかりの眼鏡も再びずり落ちそうになっていた。

「お茶を入れますね。ちょうどもうすぐお店を閉める時間ですから、なかでゆっくりしていってください」

「あ、いえ……」

「遠慮なさらないで。わざわざ来てくださったんですから、ねえ？」

「そうだな。弓子さん、狭いところですが、どうぞ」

私とさおりの熱心な勧めで、弓子はお茶に呼ばれただけではなく、その晩我々と夕食のテーブルを囲んだ。

彼女が田舎に帰って以来、私たちはずっと会っていなかった。もしかしたら、彼女は手紙を書いてくれていたのかもしれないが、実家宛てでは私に転送のしようもなかっただろう。

弓子はさおりに質問されるがまま、ここ数年の出来事を話した。田舎の祖母を看取ってから東京に帰ってきたこと、例の体の大きい姉が借金を作ったまま行方をくらましてしまったこと、その保証人になっていたせいで昼は以前働いていた惣菜工場で、休日と夜はラブホテルの清掃員をして働き続けたこと、ようやく先月に返済が終わったこと……。裕福な育ちではあるが、根が優しく、さらにここ数年で勤労の苦い味を知ったさおりは、すっかり弓子に同情してしまった。涙も流さんばかりだった。

「それで弓子さん、今はどうなの？　少しは楽になったの？」

「ええ、ようやく夜の仕事はしなくてもよいようになりました……でもそれで少し気が抜けたのか、ここに来て急に体を壊してしまって、工場からも暇を出されてしまったんです。あまり長くは立っていられないようになって……夜の、もっと別なお仕事をすればいいんですが、私みたいな器量じゃあ、お店のほうでも扱いに困るだろうし……」

「そうなんですか？　ああ、じゃあ弓子さん、ちょうど良かった！　もしよかったら、うちで働いてくださらない？　体が良くなるまでは、夕方の数時間だけだっていいの。ねえ、あなた、そろそろお手伝いを雇おうかって話してたところじゃない。そしたら、私が和俊のお迎えに行っているあいだも、あなたはずっと仕事をしていられるのよ。こんな時期に来ていただけたのも、きっとご縁なんだから……」

そして弓子はその翌週から、うちで働くことになった。

さおりと弓子はよく二人で買い物に出かけたり、顔を寄せ合って婦人雑誌を眺めてみたり、良き友人になりつつあるようだった。さおりは弓子にコンタクトレンズの使用を勧め、栄養のありそうな差し入れをしょっちゅう店に運んだ。一方私は弓子と二人きりになる時間を、注意深く避けていた。かつての儚《はかな》いが説明しづらい関係をさおりに感づかれてはややこしいことになりそうだし、私自身、暖簾越しに時折見える彼女の後ろ姿に、何か割り切れないものを感じていたのだ。初めて会ったあの夜、彼女の手で春の闇に押し出されたまま、私はまだ闇のなかにいるのかもしれない……。厨房から彼女の後ろ姿を見るたび、闇の気配は私に近づいてきた。いったい何が起こっているのか？　これはもしかしたら遂行できなかった未来の亡霊が、今弓子の形をして私に逆襲しにきているのではないか……？　そう思うと、あの春の夜の生温かい風が、体の内側を細く吹き抜け、金属がこすれるような不気味な音を立てた。

初めて関係を持ったのは、さおりが高校時代の同級生と伊豆へ一泊旅行に出かけた日の夜だった。誘ったのは私ではないが、弓子でもなかった。しかしそれは驚くほど簡単なことだった。私たちは、私たちの未完に終わった友情とも恋ともつかぬものを弔うために、そうした。そしてそのたった一度の弔いの行為が、私たちの関係をさらに長く、半永久的に引き延ばすことになった。

数ヶ月後に弓子から妊娠の事実を告げられると、私はすぐにそれをさおりに打ち明けた。さおりは真っ青な顔をして、震えた。私は頭を下げて謝り続けた。さおりと弓子はもはや親友と呼んで差しつかえないほどの友情を育んでしまったのだから、さおりは我々二人から裏切られたのだ。私はそんな侮辱をさおりに与えてしまったことを今さらながら恥じた。私との生活のために育った家を捨て、貯金をはたき、美しい顔に隈《くま》と吹出物を作り、きゃしゃな背中に子どもをおぶいながら店を守ったこの世の誰より尊敬すべき良妻を、私は個人的な感傷のために、あっけなく汚したのだった。

「誓って言うけれど」

さおりは厚い唇をわずかに開けて言った。

「私は、あなたたち二人のことを疑ったことなんか、一度だってなかった」

「ああ……」

「なんてことをしたの？」

「………」

「ねえ、どうしてそんなことができたの？　私にはさっぱりわからない。ああ、でも私、どうやったって戻れない！　戻れないわ！」

さおりは私の前で初めて叫んだ。それまで何があっても決して声を荒らげなかったさおりが、このときばかりは大声で叫んだ。

「私の決心がどれほどのものだったのか、あなたは永遠に知らない！」

真夜中に母親の大声を聞きつけた和俊が起きてきて、居間のドアを開けた。息子の怯《おび》えた表情を見て、さおりは一瞬ひるんだ。しかし「寝なさい」とぴしゃりと言いつけ息子を退かせると、再び私に向き直った。

「弓子さんはどこにいるの」

立ちあがったさおりの顔は、蛍光灯に近づいたぶんさらに青ざめて見えた。自分の妻が、いざとなると赤くなるより青ざめる体質の女であることを、私はその段になって初めて知った。

「ねえ、どこにいるのよ。ここに連れてきてよ」

「さおり、落ち着いてくれ」

「落ち着くためにも私、話がしたいのよ」

「今日のところは、僕だけにしてくれ」

「どうしてあなただけなのよ。妊娠したのは弓子さんなんでしょ。二人でしたことを、どうして一人でどうにかしようとするの。そんなのずるいじゃないの、納得いかないわ」

「わかった。でも今すぐってわけにはいかないだろう。こんな時間だし、もしかしたら出かけているかもしれないし……ちょっと電話してみるよ」

深く深く眠っていてくれと私はダイヤルを回しながら受話器に祈ったが、弓子は二コール目で電話に出た。「もしもし、私だが……」話し始めた瞬間、さおりは横から受話器を奪いとって、「今から行きます」と言い、受話器を思いきり私の額に叩きつけた。

「電話番号だって覚えてるのね。私の家の電話番号なんか、いつまでも覚えられなかったくせに！」

気づくとさおりはいなくなっていた。

私は少し倒れていたらしい。右のこめかみのあたりがじくじくと痛んだ。触ると血が出ていた。

私はかつて、自分の父親が彼女の父親に札束の封筒を投げつけ、痣を作らせたことを思い出した。

正しい逆襲とはこんなふうに遂げられるものなのかと、私は親と子の業《ごう》の深さを思った。さおりを追いかけなくてはと思ったが、子どもの泣き声ではっとした。和俊は私の顔に流れる血を見て、いっそうひどく泣き叫んだ。私はティッシュペーパーで血をぬぐい、和俊を呼んだが、彼は怖がって近寄ってはこなかった。

当時の弓子は駅の向こう側の狭いアパートに住んでいた。我々の家から歩いても十五分もかからないところだ。あれだけの勢いでいなくなったのだから、もう到着していてもおかしくはあるまい……。私は受話器をとって、もう一度弓子の家の電話番号を回した。確かに私はその番号を何も見ずともかけることができた。一分ほどベルを鳴らしたが、誰も出てはくれなかった。私はあきらめて妻の帰りを待つことにした。まだ幼い和俊を家に一人にしておくわけにはいかないし、かといって弓子の家に連れていくのはもっと悪いだろう。それにいくら興奮しているとはいえさおりは賢い女だ、血が流れるようなことはするまい。しかし私は台所に行って家の刃物がなくなっていないか確認し、文房具入れに鋏《はさみ》がしまわれていることを確認せずにはいられなかった。

さおりが帰ってきたのは結局明け方だった。出ていったときの寝間着姿で、目の下には見たこともない形の濃い隈ができていた。私は意味もなく椅子から立ちあがった。

朝日がまっすぐに差しこむその台所で、さおりは私にこう言い放った。

「赤ちゃんは私が育てることになりました」

聞き違えたかと思い、私は「何?」と返した。

「ちゃんと聞こえたでしょう。すべて解決してきました。赤ちゃんは私が育てるし、弓子さんは店を辞めません。ただし、私と子どもたちがこの家にいる限り、二人が関係を持つことは、絶対に許さない。でもいろいろ考えて、人道的な視点から、二人が心のなかだけで愛しあうことは、私許すことにしたの」

「君は何を言ってるんだ? どうしてそんなことになったんだ?」

「今回のことは、私に相談せずにあなたと弓子さんが勝手にやったことよ。だからこの後始末は、あなたに相談せずに私と弓子さんが勝手にやるの。あなたの意見はひと言だって聞かない。もう決めたことなんだから、あなたはそれに従うまでよ。これを見て。私と弓子さんで書いたの。あなたは何も考えずに、ここに誓いの署名をするのよ。私に対して本当に申し訳なく思っているのなら、この署名だけが私に対する心からの償いになるのよ」


日曜の夕方、我々は和俊の誘いを受けて、皆で結婚式場に行った。

担当のウェディングプランナーだという、黒いスーツに髪を後ろで一つにくくった女性が我々を迎えてくれた。彼女に式場のなかを案内され、庭園や教会を見たあとに建物内のだだっ広い部屋に入ると、白いドレスを着た富子が我々を振り返った。

「まあ富子ちゃん、きれい」

さおりは珍しく高い声をあげて、仮の花嫁に駆けよった。和俊もにやにやしながら、「似合ってるよ」と近寄り、間近から見ている。振り返って麻紀のようすを窺ってみると、予想通り娘は冷めた表情でワンピースのポケットに手を突っこみ、口をへの字に曲げていた。しかし「ほらほら、麻紀もよく見てみなさい。すっごくきれいよ」と母親に呼ばれると、ゆっくりと義理の姉に近づき、繊細なレースの部分を確かめるように、ポケットから手を出して触れた。

「麻紀ちゃん、このドレスどう？　ちょっと太って見えない？　ごたごたしすぎてるかしら」

富子にそう問われると、麻紀ははっとして、唾を飲み、「ううん、いいと思う」と答えた。

「お嫁さんがきれいすぎて、ママ、泣いちゃいそうよ」

さおりがそんなことを言うので、私は驚いたが、顔を見ると本当に涙ぐんでいるようなのでさらに驚いた。結婚当時、我々は式を挙げるかわりに、店で借りられるなかでいちばん値の張るドレスとスーツを着て写真を撮った。私は突然、目の前で涙ぐんでいるこの妻が、二十五年前も同じ涙を浮かべていたことを思い出した。つまり我々が、すべての血縁を捨てて、一人の人間と一人の人間として、一つの新たな家族を作った日のことを思い出した。

「さあ、次のドレスもありますからね、あとで比べられるように写真を撮って、着替えましょうね」

ウェディングプランナーは首にかけた立派なカメラで富子の写真をあらゆる角度から撮り、画面で確認すると我々に聞いた。

「ご家族の皆さんも、よければご一緒にお撮りしましょうか」

「そうね、皆さん、一緒に撮ってもらいましょうよ。入って入って」

富子は我々を招くように手を振って、笑った。

私たちは富子を囲んでシャッターが押されるのを待った。

今、私は現像されたその写真を手に持って、金庫の前にいる。

久々に開けた金庫のなかには、パスポートや銀行の証券類にまじって、封をしていない茶色い封筒が保管されている。封筒のなかには、二十年前にちらしの裏にボールペンで書かれた証文がしまってある。あの朝、さおりが私に署名を迫ったあの証文だ。開いてみると、いくつもの箇条書きがあり、いくつかは全文が強い二重線で消され、いくつかは文中の数ヶ所がか細い二重線で消され、波線で強調され、ぐちゃぐちゃになりながらも力強い丸をつけられているものがある。そのなかの一つ、とりわけ二重線が多い一文に、私は目を留めた。

十ヶ月に一度　年に一度　弓子の誕生日（四月六日）の週のみ　一度だけ　一時間以内　一緒に（行きと帰りは別）出かけることを許す（しかし東京を出てはいけない　京王沿線のみ　代田橋駅から徒歩一キロ圏内のみ）

これらの二重線によって消されたいくつもの可能性と、波線によって強調された具体性が、これまでの私の暮らしのすべてだった。私は忠実に、この証文で保証されている範囲の暮らしを営んできた。ざっと数えただけで二十はあるこの箇条書きを、あの晩二人の女はどんな思いで消したり付け足したりしていたのだろうか。私は証文を封筒にしまった。

かつてはこの金庫に、私とさおりが恋人時代に交わした手紙類や、一緒に見た映画の半券までがしまわれていた。しかしこの茶色い封筒と入れ替えに、それらの思い出の品はすべて台所のガス台で燃やされた。唯一災難を免れたのは、新婚当時の結婚写真だった。昼間に思い出した通り、美しい花嫁姿のさおりは首を少しかしげて、カメラに向かって微笑んでいる。膨らんだ腹に添えた手は、ふっくらと娘らしく、愛らしかった。私は少し緊張気味にカメラのほうを向いて、新妻の肩に手を置いている。この写真ばかりは、私が嘆願して、保管を許されたのだった。私の意見など絶対に聞かぬとあれほど強く言いきったさおりがそれを許したということは、さおりにもやはり、この写真については思うところがあったのであろう。

私は今日撮った写真を、その写真の上に重ねて置いて、金庫を閉めた。そして立ちあがり、静かに窓を開けた。ベランダからは、垣根を隔てて隣の敷地にある私の店が見下ろせる。表の看板はとうに消灯したはずだが、厨房にまだ灯りがついているのは、大澤君と河野君の二人が片付けと来週の仕込み当番の相談でもしているのだろう。日曜の夜だからか、店の前の通りは時折車が走り抜けるだけで、静まりかえっていた。私は弓子のアパートがある方向をぼんやりと見た。

果たして私は、弓子を愛しすぎたのか、それとも愛が足りなかったのだろうか。

見えるはずもないのに、私は遠い窓の一つ一つに、弓子が一人分の夕食のテーブルにつき、風呂に入り、あのデジタルカメラにおさめた写真を見返している姿を探した。

生温かい春の夜風が、私を長いあいだそのベランダに留《とど》まらせていた。どれほどの時間が経ったかわからないが、視界の隅にふいに動くものを感じて、私はわずかに緊張した。店のほうを注意して見ると、相変わらず厨房の電気はついたままで、先ほどと何も変わらない。二人の若者のうちどちらかが先に裏口から出たのだろう。興ざめしたような気持ちがして、室内に戻ろうとしたときだった。

「宏治郎さん」

名前を呼ばれた気がして、私は振り返った。ベランダの手すりに乗りだすと、私の名前を呼んだ女が、垣根の向こうからこちらを見上げていた。

弓子と私はそのまま無言で見つめ合った。

街灯が照らさない垣根の陰に立っていたから、弓子の表情を窺うことはできなかった。我々のあいだにはおよそ十メートルの距離が開いていたが、私は彼女をすぐ近くに感じた。弓子は微笑んでいた。そして首に巻いていたスカーフをしゅるしゅると片手ではずし、こちらに向かって小さく振った。彼女の手にあるのは、私が三十年前にスカートと一緒にプレゼントした、あのスカーフだった。スカーフの動きは徐々に小さくなり、ゆっくりになり、そして止まった。彼女は一礼をして、通りへ向かった。スカーフは首に巻かず、手に持ったままだった。

私は室内に入り、ベッドに横たわった。

階下から廊下を行き来するさおりの足音が聞こえる。そのうち寝室に上がってきて、いつもの通り簡易ベッドを組み立て、いつもの通り我々は個別の眠りを享受するのだろう。居間からは、テレビの音声と、和俊と麻紀の笑い声が聞こえる。なんてことのない、家庭生活の一場面だ。今まで何千回と繰り返されてきた夜だ。それなのに、今のたった数十秒の無言のやりとりが、どうしてその何千という夜の層をいとも容易《たやす》く破って、私の人生のすべてになってしまうのだろう。いったいこれはなんなのだろう。

この瞬間にも、終わりは確実に近づいている。私はできれば、この四人でもっと長く一緒に暮らしてみたかったとも思っている。ただ、限られた時間だったからこそ、そう思うのかもしれぬ。しかし約束の時は近づいている。

そしたら、パパ、帰りたい……？

目を閉じると、アイスクリームが溶けた銀の器のなかで永遠に響くような、先日の麻紀の問いかけが、耳に蘇《よみがえ》ってきた。

例えば今晩にでも、お迎えが来たら、パパ、帰りたい……？

私は再び瞼を開き、天井を見つめ、その上にある夜空を見つめ、そのなかの一つの星を見つめた。そしてそこから何人もの無力な男が、誰かの父親となるべく地表に落ちていくのを見つめた。そしてそのなかの一人、何かの手違いが起こって、誰の父親にもなれず、行き場を失ってベッドに仰向いている自分自身の呆けた顔を見つめた。

旧花嫁

いかがですか、もう慣れましたか。新婚生活というのは想像通りにやっぱり楽しいものでしょう。毎日うきうきしちゃうでしょう。どうぞ心ゆくまで楽しんでください、なぜならそんなうきうきはあと数ヶ月であっけなく消え去り、そうなったらそれは大して仲良くもない誰かの見た夢の話の断片でしかなかったような、花は枯れ風船はしぼみ天使も妖精も疲れて家に帰り、ある朝はっと我に返ったあなたに残されているのは目の前で朝食を食べている男と一生同じ朝食をとり続けなければいけないという如何《いかん》ともしがたい定めのようなものだけで、それに気づいてしまった瞬間あなたの手元の食パンは全面にマーガリンを塗られるのを待たず底なしの穴に向かって永遠に転がり落ちていくことになるのです――なんていうことは言いません。もしあなたにそんなことを言う人がいるのなら、それはその人の身に起こったことを一見親切そうな忠告の衣《ころも》をかぶせてあなたに話しているだけで、それはあなたの身に起こることではありません。世間の人の多くは、新婚の夫婦を温かい目で見つめています。しかしその温かい目の持ち主の多くは、その先に訪れる架空の倦怠までをも見越して、あなた方を見つめているのです。彼らから勝手に倦怠の帽子をかぶせられていないかどうか、あなたは注意深く、何度も頭に手をやるべきです。

改めて結婚おめでとうございます。和俊が婚約者だと言ってあなたを連れてきたときは正直腰が抜けるほど驚きました、が、あなたはとても礼儀正しく明るく爽やかな娘さんに成長していて私は安心いたしました。和俊はご存じの通り頭はそんなに良くありませんが愛想だけは良く、加えてちょっと放っておけない感じの容貌ですから、意外と上手に世渡りができる型の人間かと思います。あなたはそれほど苦労せずに生活を共にすることができるでしょう。でも浮気には気をつけてくださいね。和俊は誘われたら四回に一回は断れない人間です。あなたがもしじゅうぶんに寛容で、つまらない浮気の一つや二つは大目に見る気であったとしても、その「つまらない」浮気がどういうわけだか長く平坦な共同生活のなかではひどくつまってしまうことがあるのです、最初はとるにたらない小さな粒々に思えても、それはあなたの知らないうちに、浮気をしている当人たちも気づかぬうちに、この瞬間にもどんどん確実に肥大していくのですよ！

すみません、早速いささか忠告じみた文章を書いてしまいました。これこそ、自分の身に起こった出来事に親切な忠告風の包みをかけてあなたの受取印を強要することに他なりませんね。ところが情けないことに、私どもはそれを話さずにはいられないのです、話すことといえばもうそれしかないのです。これは何万世代もかけて我々をより良き存在に発展させようとする人類としての意志もしくは人智を超えた何者かの目論見《もくろみ》なのでしょうか。魚であった私たちが水の外に出て、道具を持ち、田畑を耕し、街を作りビルを作り、宇宙に出ていこうとするのとだいたい同じ仕組みのもとに定められていることなのでしょうか。まあでも、話をそれほど大きくする必要はありませんよね。そういう大きくて曖昧で無責任な話より、私たちの生活で役に立つのは、小さくて具体的で責任のある話です。私はあなたに小さくて具体的で責任のある話をするために、この手紙を書くことを決めました。あなたは私にとってとても大切な人だからです。大袈裟に言えば、あなたは私の救い主でもあるからです。あなたが私をどのように救ったのか、あなただけには知っていただきたいのです。私たちはこの先当分顔を合わせることはありませんから、（今度会ったときどんな顔すればいいんだろう?）とか、その種の心配は無用です。この手紙に関して、私たちは変な照れくささだとか気まずさは味わわなくてよいのです。だから心置きなく私は書きますし、あなたも心置きなく読んでください。少し長くなるかもしれませんが、ちょっと我慢して、ひといきに読んでしまってください。

私がこの手紙を書いているのは、あなた方の結婚式の前日です。今お昼の十二時を少し回ったところ。夫は隣の店にいて、和俊は会社、麻紀は大学に行っています。家のなかにいるのは私一人です。明日は和俊の結婚式だというのに、リビングといいキッチンといい室内で目にするものは本当にいつもと変わりません。家というものはそのなかに住んでいる人間の情緒に関しては徹底して無反応なものなのですね。明日に備えて、皆今日は早く帰ってきます。四人揃ってゆっくり食事をするのは今晩が最後になるでしょうから、私はそれなりのごちそうを作るつもりでいます。材料は午前中に全部買ってきましたから、夕方の四時くらいまでにはこの手紙をしっかりと書き終えて作業に取り掛かりたいと思います。しかしながら無事に書き終えたところでこれをいつポストに投函するかはまだ悩んでいるところなのです。でもまあおそらく、結婚式後の一週間以内には、あなたはこの手紙を受け取っているのではないでしょうか。夫となった人間が属していた家庭の解散劇を今のあなたがどの程度の重大事として心に位置付けているのか、私にはちょっと想像がつきません。というより、あなたは和俊からどのあたりまで説明を受けているのでしょうか。もしくは何も聞かされていないのでしょうか。どちらにしろ、あわてず、一番身近に思えるところからお話ししていきましょう。

今の時点ではあくまで予定ではありますが、多少の順番は狂っても必ず遂行されるはずの予定ですので、あなたがこれを読んでいるときの時制に合わせ、すでにそれが起こったこととして書いてしまいます。私と夫、いえ、宏治郎氏は、あなた方が結婚式を挙げ婚姻届を区役所に提出したその翌日に離婚届を同じ区役所に提出いたしました。これはずっと昔から定められていたことです。正確に言えば、二十一年前から決まっていたことです。二十一年前というのは、ゆくゆく麻紀となる生命体がその母親の子宮に発見された年です。その母親とは私ではありません。麻紀は私の子ではないのです。麻紀は夫と弓子さんという女性のあいだに生まれた子なのです。弓子さんをご存知ですか？　昼間宏治郎のお店に行くとレジに立っている、あのほっそりとした、いつも何かに恥ずかしがっているような、五十二歳の女性です。どうです、宏治郎と彼女ができていたなんてちょっと信じられないでしょう。でもこれは本当のことです。宏治郎と弓子さんの歴史について、私は詳しいところを知りません。しかし宏治郎と私が知り合う何年も前からの知り合いであることは間違いありません。二人は親しくなり、離れ離れになり、再び近づき、気づいたときには弓子さんのお腹のなかに麻紀がいたのです。本当に、魔法みたいにです。まったく、たった一回の交渉でそんなに運よく子を授かることなんかあるのでしょうか。「たった一回の交渉」なんて書きましたが、これは当人たちが言っていることで本当のところはわかりません。男女のあいだに一回の交渉が起きたのなら、その裏に五百回の交渉があったっておかしくはないではありませんか。することは毎回同じようなことなのですから、何回それが起こったって、もうさしたる問題にはならないではありませんか。でもまあ、彼らの言葉の信憑性《しんぴょうせい》については、今も昔もそれほど重要なことではありません。大事なのは具体的な事実です。

二十一年前のその日、突然宏治郎から弓子さんの妊娠を告げられた私がまず感じたのは、怒りでも悲しみでもなく「物事はこういうふうに回収されるのだ、何もかも決して見逃されないのだ」という何か爽快なほど腑に落ちるような諦念《ていねん》でした。でもそれは一秒にも満たないほんのわずかな時間のことです、すぐ後に押し寄せてきた膨大な怒りと悲しみと悔しさのために、その爽快に腑に落ちてきた諦念はあっというまにどこかへ吹っ飛ばされてしまいました。私は手にした固形物で夫の横っ面を殴り、気がついたら弓子さんの家に向かって全力疾走していました。そんなふうに真剣に走ったのは高校生のとき以来です。いえ、高校生のとき以上に私は真剣でした。人は、ストップウォッチを手にした体育委員が待つ白線に向かってではなく、夫の浮気相手が睡眠前の一杯の水を飲んでいる家に向かって走るときに、生涯で最も真剣に突風の如く走れるのです。

当時の彼女は学生が住むようなおんぼろアパートの一階に住んでいました。私は玄関まで回る時間も惜しく、小さな中庭をつっきって彼女の部屋の窓を叩きました。ところが窓だと思って叩いたのは網戸でした。蒸し暑い夜でしたので、窓は開いていたのです。私の拳《こぶし》は網戸を破って向こう側に突き抜けていました。私は突き抜けたその手でカーテンを掴《つか》み、右か左にひっぱりました。そうやって私の目にさらけだされた六畳間の向こうでは、小さな流しの前で弓子さんがまさに水を飲み終えたところでした。驚いた彼女の手からグラスが落ちて、床の上で割れました。

「さおりさん」

彼女はグラスの破片も気にせずに私に駆け寄って、窓際にぺたりと座りこみ、そのまま頭を下げました。

「本当に申し訳ありませんでした」

人に土下座されたのはそれが初めてのことでした。「申し訳ありませんでした」と繰り返している小さな頭を見下ろしていても、私はとても「まあまあ顔を上げてください」などと言える心境にはありませんでした。本当に申し訳なく思っているのなら口先だけでなく畳に頭をめりこませて縁の下まで到達するほどの真剣味を見せてもらいたいものだと意地悪く思っていました。こんなふうに書くとあなたは（女って怖いな）などと思うかもしれませんが、こんなことは男女の性差の問題ではないことくらいちょっと考えたらわかるでしょう。私は愛する者から裏切られたのです。裏切った者とその共謀者を憎むことが、どうして女だけの特性となり得ましょう？　何か良からぬことをしでかした女の話を聞くたび、女というのは陰険で恨み深いからなどと言って片づけてしまう一部の人間の言うことを、真に受けてはいけません。そんなふうに物事を簡単に片づけて得意になっている人たちは、おそらく過去に己の過失によって誰かを陰険で恨み深い人間に変えたことがあるからそう言えるのです。たまたま女の人の陰険さのほうにバリエーションがあり、印象に残りやすいために、馬鹿の一つ覚えでそう言っているだけなのです。男だろうが女だろうが、人はそれ相応の扱いを受けたら、陰険で恨み深くならざるを得ないのです。

とにかく私は、自分の置かれた状況に、そしてあまりにも杓子定規で陳腐な弓子さんの謝罪のポーズを前にして、ぐんぐん加虐的な気持ちになっていくのを抑えることができませんでした。このツクシの先っぽのような後頭部を思いっきりリモコンで殴りつけ、気絶しているあいだに服を全部脱がしトイレの水に浸した歯ブラシで丁寧に歯を磨いてやり、そこの通りまでひっぱっていって大の字に電柱にくくりつけ、乳首と陰部の茂みに向けてマジックペンで大きく矢印を書いて白昼の陽にさらし、今後明るいうちは二度と近所を歩けないようにしてやりたい、そんなふうに思ったのですが（それだって、私が女だからそんなふうに思ったのではないと思いますよ）、そのイメージはあまりに露骨で暴力的で、逆に私は自分の人間性を激しく損ねられたような気持ちになりました。私は自分を本当に下劣な人間だと思いました。そして下劣な人間であることに私は耐えられませんでした。

「まあまあ顔を上げてください」

私はできるだけ平坦な声を出したつもりだったのですが、どこでどう感情の注入を間違えたのか、その口調には場違いな慈愛のような響きが混じってしまいました。弓子さんはゆっくり顔を上げました。その顔には涙の筋が見受けられました。私は急に自分のなかにあるすべての感情が冷却されたように感じました。映画館のなか、たまたま隣に座っている人が悲しい場面で感情のままに泣き始めると、私は少しも泣けないのです。それどころかどんどん意識は映画から離れていき、夕食の献立のことや印刷所に出したちらしの見積もりのことなどを考え始めてしまうのです。このときもそれと同じでした。弓子さんの涙を前にして、最高潮に達していたはずの私の怒りの感情は、あっけなく雲散霧消してしまいました。

「突然来ちゃってごめんなさい。上がっていいかしら」

私は拳をひっこめて、ごく穏やかに、そう言いました。弓子さんは黙ってうなずくとよろよろと立ち上がり、敷いてあった布団を隅に片づけ、部屋の真ん中にちゃぶ台と座布団を用意しました。そして台所でお茶を作って運んできました。私はそれらを待つあいだにこれから自分たちが話し合うべきことを考えようとしていました。しかし何か一つの筋らしきものが見つかるたびに、数十分前に吹っ飛ばされたはずのあの諦念が駆け足で戻ってきてずんぐりと道を塞《ふさ》ぎ、もはや話し合って解決すべきことなどここには何一つないような気がしてくるのでした。

「どうお話ししたらいいのか……」

弓子さんは頭をうなだれて言いました。まさしくその通りでした。弓子さんも私も話の始め方がまったくわかりませんでした。弓子さんのほうから何か挑戦的な言葉をかけてくれればその勢いを借りて私も刺激的な言葉を言い返し、活発な議論ができそうなものなのですが、実際の私たちはちゃぶ台のこっち側とあっち側で途方に暮れているだけなのです。私はとりあえず出されたお茶を一口飲みました。すると弓子さんも一口飲みました。それから長い長い沈黙の後、彼女は高熱に浮かされた病床の少女のように、きれぎれに小声で話し始めました。

「でも悪いのは私たちですから……もしお話ししてよいのでしたら……なんでもお話しします……そして私には一つ考えがあるのです……」

私は弓子さんの顔を見つめました。まだうなだれてはいましたが、ちゃぶ台の上に落ちた視線には弱々しいながらも何か固い意志があるように見えました。

「考えって、どんな考えですか」

聞くと、弓子さんはくいっと顎《あご》を上げて私と目を合わせました。

「一つの約束のようなものです」

このときの私は、弓子さんの回答より至近距離で見る彼女の素顔に気を取られていました。普段からお化粧の薄い弓子さんですが、その寝間着姿の素顔を見ていると、加齢という現象を煮込んだ鍋が蓋なしでそのままこちらに投げつけられてくるようで、私は思わず手で顔を覆いたくなりました。年齢から言ったら、弓子さんは私より七つ年長であるはずです。当時の私はまだ二十四歳でした。二十四歳と三十一歳ではさすがに小学一年生と中学二年生ほどの違いはありませんが、それにしても弓子さんの老化は特別進行を急いでいるように見えました。若くて健康な自分ではなく、もう四十代にも見えるこのやつれた人の胎内に新たな命が育ちつつあるのかと思うと、私は人間の未知なる可能性をつくづく感じずにはいられませんでした。

「今回のことは……」

彼女は再び口を開きました。

「今回のことは私たちの落ち度です。私たちと言っても、私と宏治郎さんが一つのことを共謀して落ち度を分かち合っているのではなくて、私は私で、宏治郎さんは宏治郎さんで、それぞれに落ち度があったのです……私たちの落ち度は最初から別々のものです……私はもう何年も前から宏治郎さんを愛していました。そして今も愛しています。でもその特別な気持ちに愛という名をつけてしまうことをずっと恐れていたのです。そのちっぽけな恐れのために、もっと早くに解決すべきだったことをずっとずっと後回しにしていたのです。その結果がこういうことになってしまったのです……それでお聞きしたいのですが……」

彼女の口から「愛」という言葉が出てきたことに私は強い違和感を覚えました。宏治郎と弓子さんと「愛」という言葉にはまったく親和性がありませんでした、そんなのは電話機に醤油をかけるようなものです。私はその違和感を、多少の皮肉と共にうまく言い表そうと考え始めました。しかし弓子さんの次の言葉が、私の思考をたちまち停止させてしまいました。

「さおりさんに、私のお腹の子を自分のお子さんとして育てていくご意志はありますでしょうか」

さおりさんに、私のお腹の子を自分のお子さんとして育てていくご意志はありますでしょうか？

平生の働きがすべて緊急停止した私の頭のなかで、その言葉は退避を促す自動アナウンスのように何度も何度も繰り返されました。最初のうちはかろうじて質問形をとっていましたが、繰り返されればされるほど、その言葉はすでに決定された一事項として堂々たる響きを持ち始めました。私はその響きをこれ以上増強させまいとしましたが、な、ぜ、という二音を発音するだけで精一杯でした。

「つまり私たちは秘密を交換するのです。それが今できる最も合理的で、各自の不幸せが最も少ない分量ですむ方法だと思うのです」

秘密という言葉を聞きつけて、私ははっとしました。言われてみれば、それこそ宏治郎から浮気を告白された瞬間に私を襲った諦念が日々の住処《すみか》としているところに間違いありません。何かとても嫌な予感がしました。これから弓子さんが具体的に提案しようとしていることは、ちょっとのあいだ我慢すればよい類のものではなくて、気が遠くなるほど長い時間をかけて完成に向かおうとする類のものである気がしたのです。

「私はさおりさんの秘密を知っています。それはさおりさんが私を信頼して、打ち明けてくださったものです。私はその信頼を裏切ってしまいました。もちろん、秘密自体は今も私の心のなかだけに留めています。私が言いたいのは、つまり、さおりさんが私に対して抱いてくださった友人としての信頼を、宏治郎さんとの一件で裏切ってしまったということです」

「はあ、それはわかりますけど……」

「さおりさん、私は行き当たりばったりにこんなことを言っているのではないのです。妊娠がわかって以来、ずっとずっと考え続けたことなのです。ですから聞いてください。私の考えはこうです。私は赤ちゃんを産みます。でも母親にはなりません。私にそんな権利はありません。まだお腹の子が私の子だという実感はありませんが、お腹が大きくなるにつれて、我が子への愛《いと》しさは募っていくのでしょう。母親というものは、皆そういうものなのでしょう？　私もきっとそうなるのだと思います。でも私はできるだけ、宏治郎さんの幸せの邪魔をしたくないのです。そのためには、生まれてきた我が子を手放して母親であることの喜びを放棄したってかまわないとさえ思えるのです。私はこれまで、宏治郎さんからたくさんの幸せの瞬間をもらってきました。もらいすぎて申し訳ないくらいです。これ以上もらったらきっと罰が当たります。いえ、きっと今回のことがその罰であるかもしれないのです。ですが、私のお腹にいる赤ちゃんに罪はありません。殺してしまうのだけはどうしても嫌です。ですから私はこの子が私の胎内から出ていくまでは、愛情と責任を持って大事にお守りします。ただ、いったん私とこの子をつなぐものが切れたなら、私はこの子をさおりさんと宏治郎さんの手で育てていってほしいのです。優しいご両親を持った、和菓子屋さんのかわいいお坊ちゃんかお嬢ちゃんとして、幸せになってほしいのです。勝手を言っているのはわかっています。ここまで、おわかりになりますか」

「ええ、まあ、ある程度は……でも罪とか罰とかいうのは……それと赤ちゃんを私が育てるというのは……」

「もちろん、この子の母親として今後の人生を生きていくことも考えました。この子を産んで、宏治郎さんとさおりさんに迷惑がかからないどこか遠いところに行って、母子二人で暮らすのです。

でも、本当に情けないのですが、正直私にはとてもそんな自信がないのです。私には一人も頼れる身内がありません。加えて、一日立って働けるほどの丈夫な体もありませんし、専門的な知識もありません。そんな状況でもし私に何かあったら、この子はいったいどうなってしまうのでしょう。貧乏で体の弱い母親のもとで細々と成長するのと、和菓子屋さんの優しい両親のもとでおりこうなお兄ちゃんと共に成長するのでは、どちらがこの子の背負わなくてはいけない苦労や心配をより少なくするでしょう。私はこの子を無限に愛することができますし、それなりに強くなることができると思います。でもそれはあくまで私についてのことなのです。そうではなくて、私は今、この子について考えたいのです。私は小さいころに両親を亡くしました。年の離れた姉と二人きりで、ずっとずっと貧乏でした。私はこの子にそんな思いをさせたくはないのです。そこにどんなに強い愛情があろうとも、お金はないよりあるほうがいいに決まっているのです。ですからさおりさん、お願いですから、この子の母親になっていただけないでしょうか」

「でも、それはあまりにも……」

このときにはもう、私は弓子さんの言葉の勢いにすっかり縮みあがっていました。そのように何かを熱心に語る弓子さんを、私は一度も見たことがありませんでした。先ほどまでの弱々しい病床の少女のような雰囲気はすっかり消え去り、今や彼女は民衆の前に立って弁舌をふるう女活動家のようでした。

「戸惑われるのはごもっともです。でもさおりさん、これで私たちは対等です。私はさおりさんの秘密を知っています。私のお腹のなかの子は私の秘密です。私たちは秘密を交換するのです」

私は再びはっとしました。どうやら私たちの会話はよりデリケートなレベルに達しようとしているようでした。

「それはつまり、弓子さん、私があなたの提案を拒否した場合は私の秘密がどうなるかわかったものじゃないとか、そういうことを言っているのかしら……」

「そんな卑怯な手は使いたくないのですが、半分はその通りです。でもそれが、私に唯一残されている手段なのです」

私は本当にうっかり者でした。お人よしに過ぎました。何しろ私はこの弓子さんを、何の疑いもなく、人畜無害のかわいそうな心の優しい人だと思ってそれまで接してきたのですからね！

もちろん知り合った最初は、同情心が先立って、あれこれと世話を焼いていました。でも一緒にいる時間が長くなるにつれて、私は彼女の身の上ではなく、彼女の人柄そのものにひかれていきました。結婚以来、私には友達と呼べる人は一人もいませんでした。私は宏治郎と結婚するにあたって、家族も友達も高価な洋服も靴も、持っていたものはすべて手放してきたのです。遊び狂っていたころに仲良くしていた友達とは違って、弓子さんは口数が少なく、何者からか身を隠してでもいるようにいつも地味な服ばかり着て、めったなことでは笑いませんでした。私より七つも年上なのに、世間のことをろくに知らなくて、不器用で、呆れてしまうことも多々ありました。私たちの会話はいつもアンバランスでした。話しているのは私ばかりで、弓子さんは微笑みの一歩手前の表情で相槌を打って、時々短い感想を口にするだけなのです。それでも弓子さんと一緒にいると、私はため息をつくことなど一度もなかった平和な幼少時代に戻ったかのような気持ちになりました。弓子さんには話術もユーモアのセンスもまるでありませんでしたが、人を安心させ、否応なく心を開きたい気持ちにさせる何かがありました。そのために、私はこの人とならこれまで誰とも交わしたことのない、なんの利害も嫉妬も混ざらない、まっさらで純粋な友情を築き上げることができるような気がしたのです。私は初々しい中学生のように、自分の育ってきた環境や、初めてできた恋人のこと、虚しい夜遊び漬けの日々のこと、自分がそのあいだ何を考えて何を求めて生きていたか、そんなことを一つ一つ弓子さんに打ち明けていきました。宏治郎との結婚までの経緯とそれに付随する出来事も話しました。私は自分の持っている秘密はすべて弓子さんに話してしまうつもりでいました。秘密を手渡せば手渡すほど彼女との絆《きずな》が深まるように思いましたし、彼女に秘密をぜんぶ打ち明けてしまうことで、そして自分には秘密を打ち明ける相手がいるのだと思うだけで、私の心はずいぶん救われていたのです。弓子さんにはいくらでも私の秘密が入りました。私はそれに甘えすぎたのかもしれません。弓子さんは決して、無期限で借りられる私専用の秘密の倉庫ではなかったのです。弓子さんは倉庫ではなくむしろ銀行だったのです。秘密を元の形のままに預け主に返しさえすれば、その秘密を有意義に使う権利は弓子さんのほうにあったのです。

そしてこの晩、弓子さんはその権利を見事に行使したのでした。

「さおりさん、この子の幸せはさおりさんの選択にかかっています」

弓子さんはちゃぶ台を半周して私のすぐ横に移動し、ぎゅっと手を握りました。

「お願いですから」

私は手を握られたまま、彼女の目を見つめ返す勇気もなく真正面の砂壁に視線を放りだしました。そこには駅前の商店街組合が年始に配っていた、睡蓮の池が描かれているポスターカレンダーが貼りつけてありました。九月になったばかりのことでしたが、九月の最後と十月の最後の木曜日にそれぞれ黒い丸印がつけてあり、小さく「検診」と書かれているのが読めました。カレンダーにはもう一つ丸印がつけてありました。十二月八日です。私はそれで、今年の自分の誕生日が月曜日であることを知りました。さかのぼること数ヶ月前、三十一歳の誕生日を迎えた弓子さんに私が花柄のスカーフを贈った際、彼女は私の誕生日を聞いて手のひらにメモをとっていました。そのとき彼女の親指の付け根の膨らみに記された三つの数字が、今あそこの壁で、あの黒丸によって、全世界に示されているのです。

それを見ているうちに、私はすべてのことが、最初から何もかもすっかり定められていたように思えてきました。これから私に起こることはすべて、あの黒丸のようなものによって私と弓子さんの前に明らかに示されているように思いました。その黒丸の整列の真ん中に立たされている私たちは、もはや後戻りなどできなかったのです。

「わかったわ」

私は彼女の手を握り返しました。

「私がその子を育てるわ」

弓子さんは細い腕を回して私の体を抱きました。「ありがとう」という唇の動きを私は右肩で感じました。

「弓子さんの言う通り、私たちは秘密を交換しましょう。あなたが私の夫を本当に愛しているのなら、私はそれを止めない。でも私には私なりの決心があるの。私は絶対に後戻りできないの。だから私たちの子供が大きくなるまでは、私たちをちゃんとした家族のままでいさせてほしいの。それがあなたの望むことでもあるんでしょう？　そしてもしあなたが私の夫への気持ちのために他の誰かと家庭を持つことをあきらめているのなら、あなたはその真剣さをまっとうして、私もあなたの決意を尊重して、自分の家庭の生活というものをまっとうするべきなんだと思うわ」

私たちはそれから、その約束を破綻のないものにするために必要な、さらに細かな約束事を取り決めにかかりました。私たちの約束は、子供のどちらかが結婚したときにすべて果たされたものとみなすことになりました。私はできれば長男である和俊が最初に結婚してくれればよいと思いました。そして夫の仕事を継ぎ、そのお嫁さんが私の代わりに店の裏方の業務を引き受けてくれれば、私は自分の役割を果たしきったと言えそうでした。つまり一つの家庭から新たな家庭が生まれたとき、その古いほうの家庭は一つの大きな役割を終えたと言えるような気がしたのです。和俊のお嫁さんこそ、私の家庭を完全なものにするための最後のピースでした。二十一年もの長い時間、私はその花嫁をずっとずっと待っていたのです。

そしてあなたはやってきました。

ここまで読んでみて、どう思われますか。この人たちの頭はどこかおかしいのではないかと思われますか。

でも事実、これが本当に起こったことなのです。その細かな約束事というのがどんなものであったのか、具体的に知りたければ宏治郎に聞いてみてください。物持ちの良い人ですので、約束の紙はまだどこかにとってあるでしょう。それを目にしたなら、私たちの真剣さがよくわかるはずです。でもまあ、夫の不倫相手の子を自分の子として育て、かつその不倫相手を今に至るまでそのまま店で働かせているという私の心の状態について、あなたはまだ疑いの気持ちを捨てきれないでしょうね。私が相当のマゾヒストであるか、もしくは感情をつかさどる大脳皮質だか脳幹だかが故障を起こしているのでない限り、普通の人間としてはそんなことには我慢ならないのではないかと思われるのも当然でしょう。その両方の可能性については今後よくよく検討すべきことかもしれませんが、私にはもっと単純で明快な理由がありました。それは愛です。私は元来、とても愛情が豊かな人間なのです。より正確に言えば、豊かな愛情を備え付けられた人間なのです。そのために時に激しく消耗し、あちこちで無駄骨を折ってきた人間なのです。

予定日の二ヶ月前になると、私と弓子さんは出産に備えて二人で長野県の田舎町に出かけることに決めました。近所の人の目を避けるためでもありましたが、私は生まれた子の母として生きるため、できるだけ弓子さんと一緒に過ごし、共に出産の喜びを味わいたいと願っていたのです。私はそこでかいがいしく弓子さんの世話をしました。事情を知らない人の目には、私たちは仲の良い姉妹のように見えたことだろうと思います。実際、このときほど私と弓子さんが親密であったことはありませんでした。私たちには私たちの秘密が、そして母になるという共通項がありました。裏切られたという怒りや悲しみは、すっかり消え失《う》せていました。あの晩子供の母親になると決めたとき、そのようなものは水にふやけた絆創膏《ばんそうこう》のように私の心からまるごと剝《は》がれ落ちてしまったのです。出産が間近に迫ったころ、私は自分がすでに夫より弓子さんのほうをより多く愛していることに気がつきました。弓子さんもそれは察していたでしょう。そしてそのことに彼女が預かっている私の秘密が関与していることも、当然わかっていたでしょう。

生まれてきた赤ん坊に私と弓子さんは麻紀という名前を与え、宏治郎の元に帰ってきました。留守のあいだは子守のできる家政婦さんを雇って和俊の面倒を見てもらっていたのですが、彼はまだ小さかったので、母親が突然赤ん坊と一緒になって帰ってきても、喜ぶだけでまったく訝《いぶか》しげな表情は見せませんでした。変に頭のよい子ではなくて本当に良かったと私は思いました。以来私は長いあいだずっと、母親として麻紀を愛してきました。特にその赤ん坊時代、私は彼女を溺愛していたと言ってもいいでしょう。実際、麻紀は素晴らしく可愛い赤ん坊だったのです。眠っている麻紀の顔、私には見えない何者かに向かって微笑んでいる麻紀の顔を見ていると、私はそこに至るまでの諸々の複雑な事情を忘れて、ありふれた一人の幸せな母親でいることができました。私は時々弓子さんを呼んで、麻紀を抱いてもらいました。弓子さんは麻紀を抱きながら、嬉しそうに歌ったり頬をつついたりしていました。そういうとき、私は自分のしていることが残酷なことなのか優しいことなのか、よくわからなくなりました。でもそのときは、そうしてほしいと思ったのです。しかし女の人は誰でも、自分の産んだ美しい赤ちゃんをその腕に抱く権利があると思ったのです。時間が経つにつれ、私は麻紀を弓子さんとあまり接触させないよう気をつけるようになりました。私と麻紀は誰からも本当の親子と信じられていましたが、当の子供は、まぎらわしい二人の女の腕に交代ごうたいに抱かれているうち、そのうちどちらが本当の母親であるか肌で知ってしまうのではないかと恐れたのです。

　麻紀が小学校に上がるころ、テレビや雑誌の影響で宏治郎の店はそれまでになく大繁盛するようになっていました。私たちは厨房に若い人を雇い、それまで借りていた店の土地とその隣の土地を買い取り、自分たちが住むための家を新しく建てました。家が出来たことで、私たちはますます家族らしくなりました。弓子さんは通いでやってくる店のお手伝いさんでしかありませんでした。おそらくこのころには、麻紀が店に行かない限り弓子さんと麻紀が言葉を交わすことなどなかったと思います。それに、すくすく育っていく麻紀を見ていると——これは私の過度な愛情が引き起こした錯覚なのかもしれませんが——どんなに冷静な目で見てみても、彼女はちっとも弓子さんには似ていませんでした。それどころか父親である宏治郎にもあまり似ていませんでした。麻紀が似ていたのは私です。実の母親ではない私に、麻紀はとてもよく似ているように思えたのです。

　そのような外見上の幸運もあって、私たちの血縁を疑う人は誰一人いませんでした。ところが一つだけ、その件に関して多少の緊張を強《し》いられる年中行事がこのころから始まってしまいました。宏治郎の妹の家族の訪問です。家を建てて以来、この家族はどうしてか夏が来るたび我が家に遊びにやってくるようになったのです。親戚とはいっさいの縁を切っていた私たちですが、この妹（つまりあなたのお母さんのことですね）だけは、宏治郎のよき理解者であったようでした。数少ない夫の肉親ですから、できるだけくつろいで気持ちよく過ごしてもらえるよう、私はいろいろと気を配りました。しかし、なんといっても宏治郎の実妹です。宏治郎と血がつながった、それゆえ麻紀とも血がつながっている人間なのです。私は彼女が肉親の直感で、麻紀のなかに何か一筋縄にゆかないものがあると感づいてしまうのではないかと始終どきどきしていました。ですからできるだけ子供たちを彼女から遠ざけ、趣向を凝らした料理を作ったり、何か興味を引きそうな話題をいろいろ用意したりして、その相手はもっぱら私が請け負うようにしていました。ご両親が離婚されたことは、感じやすい年頃のあなたにとってとてもつらい出来事だったに違いありませんが、それをきっかけにあなた方の足は我が家から自然に遠のいたので、私は陰でほっとしていたのです。

私は麻紀を、おそらく本当の娘以上に愛しました。本当の娘に対する愛情というのがどれほどのものなのか正確に理解することはもう不可能ですが、少なくとも、私は自分のなかにあるすべての愛情を、この家庭の維持と二人の子供たちの成長のために使い尽くすことができました。宏治郎に関しては、妻が夫に持つべき愛情で彼を一度でも愛したことがあるのかいまだに判然としないのですが、和俊や麻紀に向けたのと同じ愛情でならじゅうぶん彼を愛することはできました。どちらにしろそれは私にとって、本当に有難いことだったのです。それこそ私が長いあいだずっと望んでいたことだったのです。

あなたにこのことをよりよく理解してもらうために、私は自身の生い立ちについて、少しお話ししておこうと思います。

私の実家は、曾祖父の代から続く古い洋菓子屋でした。私が家を出たときは、東京に六店舗を持っていましたが、現在は事業を拡張して、大阪に二店舗、札幌と横浜と京都と福岡にそれぞれ一店舗、グループ店舗を持っているようです。店を受け継いだ父はフランスとベルギーで修業を積んだきちんとした菓子職人でしたが、私は一度も父が厨房に立っているのを見たことがありません。私が生まれる数年前に、ちょっとした車の事故で足を悪くしたのが原因だそうです。でも父は上手に方向転換しました。事故以来、彼は菓子職人ではなく、経営者としての手腕を発揮しだしたのです。きっと作業の効率化とか、イメージ戦略とか、そういうもののほうが向いていたということなのでしょう。

父は成功しました。店の一部をフランチャイズ経営に切り替え、店舗数を増やし、さらに利益を上げていきました。それゆえ私は生まれたときから何一つ不自由しない幼少時代を過ごすことができました。母は典型的なお金持ちの専業主婦で、いつも身なりをきれいにして、手が汚れる家事のほとんどはお手伝いさんにお願いしていましたが、毎日の食事だけは妙に手の込んだものを作ってくれました。店のなかでの父は相当に冷徹な経営者として恐れられているようでしたが、家庭ではごく普通の、いえ、ちょっと普通ではないくらいの愛妻家でした。父はよく母に向かって「今日もきれいだね」だとか「僕は本当に幸せ者だ」とか言い、お尻を撫でたり首にちゅっとしたり、一人娘の私が見ている前でもなんの気兼ねもなくでれでれしていました。花束やちょっとした宝石類を買ってくるのは日常茶飯事でした。当時のこの国の夫婦のあり方としては自分の両親が少々珍しい範疇に属していることなど、幼い私にはまったくわかりませんでした。どの家のお父さんお母さんもそのようなものだろうと思っていたのです。

しかし成長していくにつれ、私は友達との会話のなかで自分の両親の異常さを知ることになりました。欧米式に、私はかなり小さなころから自分の部屋で一人で寝かされていたのですが、子どもですから時々は怖い夢を見たり、部屋の隅に幽霊が立っているような気がして恐ろしさにどうしようもなくなってしまうことがあります。そうなると、私は勇気をふりしぼって部屋を走り出て、両親の寝ている部屋のドアを叩きます。私は小さなときから、何があっても人の部屋には勝手に入ってはいけない、必ずドアを叩くように、と厳しくしつけられていたのです。大抵の場合、母が出てきて夫婦の大きなベッドまで連れて行ってくれ、父と一緒に私が寝つくまで優しく肩を叩いたり歌を歌ったりしてくれました。ところが時々、ドアが開くまでとても長い時間がかかることがありました。ようやく開いたドアの向こうにはひどく息を切らせた母がいて、「ママたちは、今、愛をしているから、無理なの。わかるわね？」と急ぎ足で子供部屋のベッドまで私を連れて行き、そのへんに飾ってある熊のぬいぐるみを布団に突っ込んで、早々に部屋に戻ってしまうのです。最初のうちはそれが腹だたしいやら悲しいやらで、私はベッドのなかで大泣きしていました。しかしそれが何回か続くと、ものわかりの良い私は（愛をしているのならばしょうがないな）と思って、怖い夢のことも幽霊のこともなんだかどうでもよくなって、おとなしく元の眠りに落ちていくようになりました。

そのような家庭のあり方をなんの疑問もなく受けとめていた私ですから、小学校で友達が自分一人の部屋が欲しいと嘆いているのを聞いてとても奇妙な感じがしました。自分の部屋がないのならどこで寝ているのかと聞くと、家族は皆同じ部屋で寝るのだと答えました。私は仰天しました。とすると、彼女の両親は子供たちが寝ているそのすぐ横で愛をしているのでしょうか。「愛をするってなんのこと」友達は聞きました。私は困ってしまいました。愛をするというのが具体的に何をすることなのか、実は私にもよくわかっていなかったからです。それはお尻を撫でたり首にちゅっとしたりするどころではない、私の前ではその目的を達せられない何かに違いないのでした。そのために私は何度もあの部屋から閉め出されるはめになったのです。友達の前で私は言葉を濁し、笑ってごまかして済ませましたが、次の国語の授業の時間、私は教科書の新出の単語を調べるふりをして辞書で「愛」の項目と「する」の項目を読みました。「愛をする」という慣用句はどちらにも載っていませんでした。辞書に載っていない言葉であるなら、それはとても汚い言葉か、もしくは両親が勝手に作り出した言葉であるかのどちらかです。どちらにしろ、私はもうその言葉は他人の前では口にするべきではないのだろうと思いました。

それ以外にも、私は友達との会話のなかで、自分の両親の異様なほどの仲の良さを多々実感するようになりました。中学生になると、私の友達は「母親がうるさい」「父親が臭い」など、少なくとも両親のどちらかについて悪口を言い始めました。両親が困った人物であればあるほど、そしてその困らせ方が複雑であればあるほど、その子はぐっと大人びて見えるのです。私は仲間に置いていかれまいと必死で両親の嫌なところを探そうとしましたが、人には言えぬほど仲が良いという点を除けば親が私を困らせたことなど一度もありませんでした。「うちの親、仲が良すぎて困っちゃうんだ」などといくら深刻な顔で呟いてみても、それはただの間抜けなのろけ話として失笑を買うだけです。年頃の娘の親というものは、いらつく小言ばかり言ったり、酒乱であったり、殴ったり、無関心であったりする人物であるべきなのです。

それぞれに家庭の事情を持ち、何か意味ありげな影を持ち始めた同級生の仲間たちのなかで、私はすっかり宙ぶらりんになってしまいました。自分が甘やかされてぬくぬくと育った単細胞のおとぼけ人間でしかないような気になりました。だから私は仕方なく、娘の前でも平気でいちゃつき、我儘《わがまま》をなんでも聞くという理由から、両親を憎もうとしました。そして今までいやおうなく見せつけられてきた二人の仲の良さと、娘の言うことをなんでも聞く忠犬のような態度を思い出し、そこに「愛をする」という汚い言葉を塗りつけ、さらには友達がそれぞれの両親について語った言葉を燃料として降り注ぎ、ひとおもいに点火しました。それは思ったように激しく燃え盛ったりしませんでしたし、長く続きもしませんでした。すべてがちびちびと燃えつきた後に残った灰色の煤《すす》は、掃き出そうとすればするほど余計なところにまで舞い上がって、心のなかを煙《けむ》たくするだけです。私は何度となくその煤を完全に掃き出そうとし、それがもはや意志と努力によっては容易に撤去できないものだと知りました。しかし私は気づきました、この灰色の煤こそ、同級生たちが身に着け始めたあの薄暗い影を作るもとなのではないかと。彼女たちとはいささか違うやり方ですが、私は私なりの方法で、影のもとを開発したのではないかと。

私はこの発見に満足しました。やがて私は何度となく、このささやかな火遊びを繰り返すようになりました。そのたびに煤の層はみるみる厚くなっていきましたが、そのような娘の変化にも気づかず相変わらず仲良しこよしでいる父母を、私はまるで小さな子供のように微笑ましく思いました。なんとおめでたく哀れな人たちなのだろうと同情に似た思いさえ抱きました。煤をかぶった私はもう、生まれたときから一方的に与えられていた富と愛情にどっぷりつかった愚かで能天気な娘ではなくなっていたのです。心に厚く積もった煤の層は固まり、私の新たな足場となりました。私はそれまでのように両親から垂れ流される愛情を糧《かて》にして漫然と生きるのではなく、自分から、猛烈に、未知の何かを愛したいと熱望しました。私は誰かの作り置きの愛情ではなく、自分自身の愛情で何かを愛したかったのです。そのためには、生まれたときから空気のように吸い込み続けてきた愛情の在庫を、いったんすべて外側にぶちまける必要がありました。そのときに初めて、自分は完全にまっさらの人間になれるはずなのですから。

高校を卒業すると、私は都内にある女子短大の家政学部に入学しました。家から電車で三十分もかからないところにある学校でしたが、電車に長く乗っているととても胸が苦しくなって吐き気がするのだというでたらめな理由をつけて、学校からほど近い麻布十番《あざぶじゅうばん》にマンションを借りてもらいました。私はそこで十八年間吸い込んできた古い愛をすべて受け止めてくれる器を持った男の子を探し始めました。たくさんの男の子とデートをし、そのうちの何人かを部屋にあげました。私たちはそこで愛をしました。最初はどうすればいいのか皆目わかりませんでしたが、男の子たちは愛のしかたをよく知っていました。彼らと私とのあいだに愛と呼べるようなものがあったとはとても思えませんが、私はその行為をそれ以外の名で呼ぶことができませんでした。そしていくら熱中して愛をしていても、私が真に放出すべきものは重い扉から外へ出てくる気配はありませんでした。なかには私の目をじっと見つめ、永遠の愛という言葉を使って自分の一生を私に捧げると誓いをたてた男の子もありました。そういうロマンチックな男の子に、私の心がかなり揺すぶられたのも事実です。場合によっては、私自身が永遠の愛という言葉を使って相手の気持ちを揺さぶったこともありました。二人の気持ちが同じだと感じられると、私は自分のなかにある細く暗い道を通って、あの扉の前に立ちます。そして取っ手に手をかけ、思い切りその扉を開放しようとします。でも何かが直前になって私の手を止めるのです。もしくはその扉はいくら押しても引っ張っても、頑として動かないのです。結局、私は彼らのうちの誰にも、扉の向こうにあるものを受け取ってもらうことができませんでした。私は自分のなかにある愛情の在庫をほとんど憎らしく思いました。いざというときは出てこないくせに、受け取ってくれそうな相手が見つからないときにだけ、それは扉の向こうで嫌な音を立てて余計に膨張し、私を落ち着かない気分にさせるのです。

そうこうしているうちに最初の一年間はあっというまに過ぎました。私が付き合っていた女友達は、入学当初から卒業後は就職などせず家で花嫁修業に励むことを当然の選択として考えている子ばかりでしたから、ほとんどの子はすでにお見合いらしきものを経験していて、なかには卒業後すぐに結婚する予定を持っている子もありました。私もその例外ではありませんでした。話を持ってきたのは父方の伯母です。私が結婚するとしたら婿養子を迎えることが大前提でした。その年のお正月に実家に帰ったとき、私は伯母と母が「ある程度きちんとした家の出身で、年寄りじゃなくて、婿に来てくれるような条件を持っている人となるとなかなか難しいの」と歌うように嘆いているのを耳にしていました。ですからお見合いなど当分しなくてすむだろうと安心していたところだったのですが、今回伯母が見つけてきたその男の人は、すべての条件を満たす稀有《けう》な人らしいのでした。しかしどんなに条件が合う人であろうとも、私はそのようなお仕着せの出会いのようなものは嫌でした。私は私自身の手で、私の愛の器になるべき人を手に入れたかったからです。

しかし話は私の意志とは関係のないところですでに進んでいました。ある土曜日の朝ベッドのなかでまどろんでいると、合い鍵を使ったらしい母が「行くわよ」と私の体を揺すりました。私はほとんど寝間着のような恰好でタクシーに乗せられ、美容院に連れて行かれ、髪をセットされ化粧をされ着物を着せられ、その二時間後には立派なお嬢さんになっていました。鏡に映るすさまじい変貌の過程を見ているうちに、ああ自分はお見合いに行くのだと、私はだんだん愉快な気持ちになっていきました。まるで正体を隠して仮面パーティーに行くような気持ちです。もちろん仮面などつけていませんが、着物やいかにも清楚な娘らしい薄化粧をほどこされて、私は普段の自分とはかなりかけはなれた自分を鏡のなかに発見しました。まったく、人間を偽るにもほどがある……私は不《ふ》遜《そん》に微笑みながら、お見合い会場に向かっているらしいタクシーの窓越しの景色を見ていました。

ホテルの料亭を借りて行われたそのお見合いで、私は自分に与えられた役割をたっぷり演じました。私はお金持ちの清楚なお嬢様の役を楽しんでいました。私の相手役として連れてこられたのは、背が高く、顔色が悪く、頬骨が尖《とが》った少し神経質な感じの二十五歳の青年でした。お世辞にも美男子とは言えないタイプの人でした。最初の一瞥で、私は相手が自分の好みの男性ではないことを知ってほっとしました。そういうことならば、私は余計なことは意識せずに今日一日与えられた役割に思い切り集中できます。初めて目が合ったとき、私は馴れ馴れしくはない程度に、そしてちょっと恥ずかしそうに、微笑んでみました。対して彼は口元の筋肉一つさえ動かしませんでした。それどころかいかにも不機嫌そうな表情を浮かべていました。さらに言えばそれは決して照れや恐れからくるものではないように見えました。時間が経てば経つほど、私は自分の演技に没頭していきましたが、彼の表情は一向に変わりませんでした。

「では少し、若い方だけでお話を……」周りにいる誰かが言い、私たちは二人で部屋の外に出されました。私たちはししおどしの音が聞こえる日本庭園を並んで散歩しました。まったく馬鹿馬鹿しい筋書き通りの展開でしたが、相手の意志がどうであれ、私は最後まで自分の役割を果たすつもりでした。部屋を振り向くと、伯母たちが窓辺にずらりと一列に並んでこちらを見ています。私は手を振りました。伯母たちも揃って手を振りました。入り組んだ植木の小路に入り、伯母たちの目から姿が完全に隠されたところで、彼は突然立ち止まってこう言い放ちました。

「こんなくだらないことにはもう我慢できない。これ以上ここにいるのは君にとっても僕にとっても時間の無駄だろう」

　私は驚き、呆れました。なんと大人気ない男だろうと思いました。彼が自分から望んでこの場に来ているのではないことくらい、私にも察しがついています。だからといって、何もその不満を直接私にぶちまけることはないではありませんか。それでも女優の心を失わない私が純朴な娘らしく目をぱちぱちさせていると、彼は顔をしかめて早口にまくしたてました。

「そんな白々しい演技はもうよしたまえ。君は若くてきれいだが君が僕と結婚する意志がないように僕も君と結婚するつもりなど毛頭ないんだ。だから今のうち、誰も見ていないうちに出口まで行ってタクシーを拾ってそれぞれ自分の生活に戻ろう。あとのことはあそこにいる人たちが何とかしてくれるだろう」

言い終えると、彼は私の返事を待たず一人で門のほうに歩き出しました。数秒前に向かい合っていたお見合い相手のことなどもう忘れてしまったようでした。あわてて後を追いましたが、彼は少しも歩調を緩めません。私は歩きづらい着物の裾をつまんで小股に歩きながら、彼が自分の演技を早々に見破っていたという事実を知らされて、まったく顔から火が出そうに恥ずかしい思いで頭がいっぱいでした。この人には今後一度だってまともな顔を向けられそうにない、そう思いながらも私は必死で彼の後を追っていました。ホテルの表門につながる広い道に出る直前、私は草履の先端をでっぱった石にひっかけ、正面から道に転がりました。顔を上げると、遠ざかっていく彼の後ろ姿が見えます。私は急に脱力して、あの人を追ってみたところでどうしようもない、せっかくだからこのまま別れてしまおう、そう思ったのですが、瞬間、彼は突然踵《きびす》を返して私のところまで戻ってきました。そして私の背後にまわり、両脇から手を差し入れ、床に転がった椅子を元通りにするように私を道に立たせました。そして着物の汚れたところを軽くはたいてくれましたが、「演技なのかもしれないがクリーニング代のことはあの人たちに聞いてくれ」と言うのも忘れませんでした。

「演技じゃありません」

私は悔しくなって言いました。彼は挑戦的な眼差しでこちらを見返しました。私は彼をやっつけたくなりました。しかしその眼差しが私に強制する刺すような恥ずかしさのために、効果的な言葉は少しも浮かんできませんでした。

「演技では……」

私はそう繰り返すのがやっとでした。なけなしの威厳を示すために胸元の砂を手で何度かはたくと、そこには赤い汚れが新たに付着しました。あわてて手のひらを返してみたところ、薄い皮膚がまだらにむけてにじんだ血の上に砂がこびりついていました。彼は私をさらに厳しい目で一瞥すると、黙ってホテルのお手洗いまで連れて行ってくれました。大した傷ではなかったのですが、手のひらはじんじんと痛み、着物は汚れ、私は自分がみじめで仕方ありません。お手洗いから出ていくと、彼が廊下の長いソファの端に座ってむっつりと腕を組んでいるのが見えました。

「ごめんなさい」

私はソファの反対側の端に座り、正直に言いました。

「面白半分にお見合いなんかするんじゃなかった。こんなのってほんとに馬鹿みたい。私もう一生お見合いなんかしないわ。あなたもそうでしょ？」

「ああそうだね」

彼は私のほうに顔を向けて言いました。

「僕ももう一生お見合いなんかしないよ」

私たちははっとして、お互いの目を見つめました。

もう一生お見合いなんかしない。

その言葉はどうしてか、私たちの四つの耳に、互いへの永遠の忠誠を誓う恋人同士の台詞《せりふ》のように響いたのです。

こうして私たちの恋物語は始まりました。私の心がひっくりかえってソファの上から恋に落ちた瞬間に、彼の心もソファの向こう側から恋に落ちたのです。

私たちには、互いが互いに恋をしているという点、それから裕福な家庭に育ったという点以外ではとりたてて目立った共通点がありませんでした。しかし裕福な家庭に育ったという共通点は、時に他のいくつもの共通点とは比べ物にならないほどの安心感を私にもたらすのです。私は細かな計算が苦手ですし、一食分ほどのお金を出せば面倒なことが回避できるときには迷わずその道を選びました。ややこしいことに費やす手間を買ったのだと思えばなんの罪悪感も覚えませんでした。しかし世の中にはたった一円を切り詰めるために、気の遠くなるような工夫を重ね、他の何か楽しいことに回せる時間を、惜しみなく費やせる人もいるのです。私は彼らの熱意が本当に理解できませんでした。それはおそらく、生まれつきの個人の資質の問題ではなくて、育った環境の結果なのです。

その点で、彼と私は同じ感覚を共有していました。そして二人とも享楽的で、ある分野ではとても冷めていて、私は早々に処分してしまいたい愛情の在庫を、そして彼は、私が安易に手に取って形を確かめることのできない何かを、それぞれの内に持て余していました。私はその未知なる何かに、自分が長らく求めていたものの気配を感じました。それはおそらくただのからっぽでした。まったくの無でした。私は過剰な愛を放出したがっていて彼はからっぽを満たしたがっていたのです、つまり私たちはお互いがお互いのために作られたような二人だったのです。私には確信がありました。私は例の扉の取っ手に手をかけました。その手を止めるものは何もありませんでした。彼のからっぽに向かって、扉の奥で膨張しきっていた古い愛情たちが決壊したダムのように音を立てて激しく流れ出しました。それは彼を正面からまともに打ちすえ、関係のないところまでびしょびしょに濡らし、私たち二人をその流れのなかに飲み込みました。私は彼と愛をしているときに初めて、これが「愛をする」ということなのだという確かな実感を手に入れたように思いました。それは小学生が使う国語の辞書にも載せてよいくらい、極めて明瞭で簡潔なことでした。

結局私たちはそれほど時間を置かず、このお見合いを目論んだ人々が望んだ通り、非公式に結婚の約束を取り交わすことになりました。すばやく始まった恋は、その速度を借りてすばやく進むものです。しかしながら、結果から言いますと、我々はまもなく婚約を破棄しました。すばやく始まった恋は終わりもすばやかったのです。私は溜め込んでいた愛を彼のからっぽに向けてすっかり出し切ってしまって、一人ですっきりしていました。何しろ、私のなかに作り置きの古い愛情はすべてなくなったのです。これからは自分自身の真新しい、新品の愛で彼を愛せるのです。私は生まれ変わったような気持ちでした。ですが私はあまりに楽天家でした。私が一人すっきりとした顔で未来の明るい生活を夢見ているうち、彼はおもむろに実は昨日女友達の一人と寝たのだと告白しました。私たちは婚約を交わしたばかりなのにですよ？　私は訳がわかりませんでした。激昂して事情を問い詰めると、彼は素直に謝りましたが、言い訳はほとんどしませんでした。「申し訳ない、どうしてかわからないけど無性に君以外の女の人と寝てみたくなったのだ」彼は言いました。「本当にどうしてだかわからないんだけど」彼はそこのところを強調しました。「愛が足りないの？」私は聞きました。彼は「そういうことではない」と答えました。「さらに言うなら、今回が初めてというわけでもない」

彼はぼんやりしていました。彼のなかには再びからっぽがありました。私の古い愛で満たされたはずのあのからっぽは、以前とまったく同じ形と大きさで、そこに堂々と居座っていました。あのときの私の激しい愛情の流れは、それを満たして消滅させたのではなく、その勢いをもってそれを一時的にどこか奥のほうへ移動させたに過ぎなかったというのでしょうか。そうなると、私がすっかり片づけたつもりでいた例の古い愛情は、実は何か別のものだったのではないかという疑いが心に湧き起こってきました。ひょっとすると、あれは長いあいだ溜め込んだ愛情の利子のようなもので、本当に処分すべきものはもっともっと巨大で、扉を開ければすぐに放出されるようなものではなく、まずはその表面を水で濡らし柔らかくしてから長い時間をかけて切り崩していかなければいけないほど、この胸の内に根強く蓄積されているものなのではないかと……。

私はすっかり混乱してしまいました。彼が自分にとって正しい人なのかどうか、わからなくなりました。少なくとも、この結婚についてはもう少し考えなくてはいけない、そう思いました。

婚約者とのしっかりとした決着もつけず、私は再び元の生活に戻りました。女友達と夜な夜な繁華街に繰り出し、踊り、男の子たちとお喋りして、気が合った子がいれば二人きりで輪を抜け出しました。私は婚約者への自分の判断が間違っていたのかを確かめるために、そういう男の子たちと愛をしました。同時にそれは婚約者に対するあてつけであったことも否めません。それでいて心の底では、彼が私をこの滅茶苦茶な生活から救い出しに来てくれるのを待っていたのです。私は互いに互いが正しい人だという実感を持って、再び彼と出会いたかったのです。

宏治郎と出会ったのはそのころです。それは本当につまらないコンパでした。主催した女友達は有名なホテルの若いシェフがたくさん来るわよ、とはしゃいでいましたが、蓋を開けてみればそこにはビジネスホテルに毛が生えた程度のチェーンホテルで働く調理場担当の従業員が一人いただけで、あとは彼の学校時代の知り合いのぱっとしない男の子ばかりでした。私は隣り合った男の子と適当にお喋りしていましたが、お手洗いに立ったついでに仮病を使って早々に帰ってしまおうと思いたちました。

いかにも具合の悪い顔を作ってお手洗いから出てくると、廊下で誰かが私の名を呼びました。私はその顔を目にしてはっとしました。一瞬婚約者が私を迎えに来てくれたのかと思いました。しかしそれは彼ではありませんでした。彼に似ている誰かでした。

「大丈夫？　顔色が悪いみたいだけど……」

「あなた誰？」

「誰って、あっちでみんなと一緒にいたじゃないか」

「あっちで？」

「君は隣の子とばかり話してたからね」

「ええそうね。それに部屋が暗かったし飲みすぎたみたいであなたの顔よく見えなかったの。だから今、よく見せてくれる？」

酔っていた勢いもあり、私は両手を伸ばしてがっしりと彼の顔の輪郭を摑み、まじまじと見つめ、そしてどこがどのように婚約者に似ているのかよく検分しました。結果どこがどうとはっきり断言することはできませんでしたが、強いてあげるならば、鼻の形と目の下のくぼんだところと顎の少しでっぱった感じが似ているような気がしました。背丈もちょうど同じくらいでした。偽物の顔をそうやって見つめているうちに、私はとても婚約者が恋しくなりました。いつのまにか私の目には涙が浮かんでいました。私は彼特有のものだと思っていたあのからっぽが、私自身のなかにも大きく口を開けて何かを待っているのを感じました。目の前に立っている男の顔は、目ににじむ涙のせいで細かな顔の造作がぼやけ、いっそう婚約者に似てきました。

「大丈夫？」

宏治郎はそう言って私の手を顔からはずし、代わりに自分の手を私の肩に乗せました。そして気づいたときには私は家のベッドの上に彼と二人きりでいました。彼の愛のやり方はなんだかとてもしつこくて、親の仇《かたき》でもとるような執念深さを感じましたが、それは私のからっぽを多少は埋めてくれました。もともと情の厚い人なのか、肝心の行為が終わっても朝まで私の体に抱きついていました。ぐうぐう寝ている彼の熱い体に巻きつかれながら、私は一睡もできませんでした。しかし私には、この人は本当に私もしくは私の体が必要だったのだ、そして私、少なくとも私の体はその役に立ったのだ、という不思議な達成感がありました。彼が私のからっぽを埋めたのと同時に、私も彼に何かを与えられたような気がしたのです。

私たちは次の週も一緒に夜を過ごしました。誘ったのは彼でしたが、彼に誘われなければ私が彼を誘っていました。

婚約者にとても似ている宏治郎でしたが、彼と一緒にいるあいだはどうしてか婚約者のことを忘れていられました。婚約者に対する燃えるような情熱を彼に対して一度も持ったことはありませんでしたが、少なくとも私は穏やかでした。からっぽは埋められ、心の奥のやっかいな在庫の存在も忘れ、私は再び能天気な若い娘でいることができました。私たちは普通の恋人同士のように手紙を交換したり、一緒に映画を見たりしました。彼を愛することができるだろうかと、私は何度も自問しました。やってみてできないことはないだろう、心は答えました。むしろ私はすでに、広義には彼を愛していると言ってもよい状態にあるように思いました。しかし婚約者を愛したように彼を愛せるだろうか、という問いかけには、答えはいつだって否でした。宏治郎は私を愛し、その愛によって私を朗らかで能天気な女にしました。でもそれだけです。いくら見た目が似ているとはいえ、私は彼のなかに婚約者が持っていたのと同じ大きさで同じ形のからっぽを見つけることができませんでした。宏治郎がその心と体で私に与える光や熱は、決して心のなかのあの扉までは届きませんでした。私にはもうはっきりとわかっていました。扉のなかにある私の積み荷は、あの人のからっぽ以外には降ろすところがないし、そして彼の愛情以外の何物にも溶けてふやけはしないのです。私は宏治郎と何ヶ月かの親密な時間を過ごしてみてようやく、婚約者以外に正しい人など最初からいるわけがなかったのだという確信を得ることができたのです。

その確信を感じとったかのように、婚約者は突然私の前に舞い戻ってきました。

彼はある日検診医めいた物腰で部屋に入ってきて、私の隣に座り、こんな中途半端な状態は君にも僕にもどちらにとってもよくないから、婚約を破棄しようと言いました。それはあのお見合いの日、ホテルの庭園で脱走を提案したときの口調とそっくりでした。それはあまりにも残酷だ、と私は言いました。私にはあなたしかいないことはよくわかってるくせに、私はそう言って泣きましたが、彼はまったく冷静でした。君はまだ若い、結婚の約束が一つふいになったからといって悲観的になる必要などまったくない、第一この僕と一緒になったところで必ず幸せになれるとは君も思ってはいないだろう、と言うのでした。私は彼にしがみついて、嫌だ嫌だ、私はあなたと一緒になれないのなら死んでしまう、この世の誰一人として私があなたを愛したようには愛してくれないし、私に愛させてはくれないのだ、とだだをこねました。そうやってもみあっているうちに、いつのまにか私たちはそれぞれがそれぞれに愛をする準備ができあがっていることに気づきました。私たちは若かったのです。いったんそのことに気づいてしまったら、私たちにもはや他のことはできませんでした。私たちは精神的にも肉体的にも、本当に適合していた二人だったのです。私たちは愛をしました。行為の最中はそれが最後の愛になるとは考えもしませんでしたが、終わった後にははっきりわかりました。彼はもう謝ったりしませんでした。さよならだけ言って帰っていきました。

その晩宏治郎が訪ねてきたとき、私はまだベッドで泣いていました。彼は一晩中私の傍にいて、僕は絶対に君を泣かせたりはしない、僕の一生をかけて君を幸せにしたいと思っている、そのような言葉で私を慰めました。

さあ、ここまで来たら、あなたにはもうじゅうぶんに察しがついているでしょうね。先ほどお話しした通り、あなた方一家は夏が来るたびに我が家に遊びにきていました。この訪問のあいだ私が麻紀の出生の秘密をあなたのお母さんに嗅ぎとられるのではないかと恐れ、いろいろと工夫を凝らして、距離を置くように注意していたこともお話ししましたね。

でも私が本当に恐れていたのは、実は麻紀のほうではなく、和俊のほうだったのです。

妊娠が発覚したとき、私はあわてて手帳を開き最後の生理が来た日付を確認しました。そして婚約者が最後に訪ねてきた日を曜日やその周辺の出来事から細かく推測して特定しました。私の排卵の周期が正確であったならば、どう考えても疑わしいのは婚約者でした。あの晩、私と宏治郎は一緒の布団には入りましたが愛はしていません。その前の三、四日、宏治郎は当時勤めていた店の職人と一緒に研修に行くといって留守にしていました。加えてその日から一週間、私は病気だと偽って実家に帰っていたので、彼とはずっと会っていなかったのです。しかし確信はありませんでした。もしかしたら排卵の周期が狂っていたかもしれませんし、宏治郎が避妊の手続きに失敗しただけなのかもしれません。宏治郎とばかり愛をしていたあの数ヶ月のうち、別の誰かとのたった一回の交渉が妊娠に結びつくなんて、ちょっと信じられない気がしました。とにかくそれは、私一人ではとても判断できないことでした。妊娠を打ち明けたとき、宏治郎は「えっ」と言ったきり言葉を失っていました。そしてしばらく黙っていました。私たちは私の部屋のソファに座っていました。外ではいい声でヒバリか何かが鳴いていました。まるで高原の爽やかな朝のようだ、と沈黙のなかで私は思いました。私がそうやってどこかの高原に思いを馳せていられるくらい、宏治郎はうわの空でした。徐々に、ようやく目の前にいるのが私であると気づいたかのように、彼の目のなかに人間らしい意識の色が濃くなっていきました。彼は私の手を握って、正式に結婚を申し込みました。私はその瞬間に決心を固めました。だいたい人が一生のあいだにする重要な選択というものは、それが重要であればあるほど、短い時間に非論理的になされるものではないでしょうか。私は「はい」と答えました。「あなたと結婚します」と言いました。それがどんなに非論理的であったとしても、私は自分の選択に責任を持つつもりでした。決して後戻りはしないと決めました。そもそも婚約者を失った瞬間、私は私の積み荷を降ろす場所を永遠に失ってしまったのです。どうせどこにも降ろせないのであれば、せめてそれ以外のすべてを私は何もかも捨ててしまいたくなったのです。

当時両親は、私と婚約者とのあいだに結婚の約束が続行されているものだと思っていましたから、大激怒しました。父と母があんなに怒ったのを見たのは初めてです。でも私は不思議に冷静でした。お腹には赤ちゃんがいるのですから、怒ったところでもうどうにもならないのです。宏治郎は老舗の和菓子屋で働く見習い職人で、かつては洋菓子の勉強をしたこともあったらしいのですが、我が家の家業を継ぐ気はまったくありませんでした。自分の店を持って一生を和菓子に捧げることが彼の夢でした。どちらかというと柔和な気質の宏治郎ですが、それだけは譲りませんでした。それで父と母の計画はすっかり狂ってしまいました。でも私はほとんど気にしませんでした。もちろん申し訳ないという気持ちはありましたが、店のことはあくまで父の問題です。心のなかではとっくに自分の育った家庭を捨てていた私は、この人たちは今さらいったい何を嘆いているんだろうと白々しく思ってさえいたのです。私のお腹が徐々に大きくなってきても事態は一向に解決に向かわず、むしろ悪化の一途をたどるばかりでした。結局私たちはすべての反対要素をその場に置き去りにし、二人だけで勝手に結婚してしまいました。本当のことを言えば、私がもう少し熱心にいろいろな方面から根回しをすれば両親を懐柔できないこともなかったのですが、私はあえてそれをしなかったのです。

婚姻届を出した後、私たちは貸衣装屋で一番いい衣装をさっと選び、新郎新婦の恰好をして記念写真を撮りました。花嫁衣装を着ているその三十分足らずのあいだ、諸々の事情にかかわらず私はさっぱりと晴れやかな気分でした。心はこの上なく爽やかでした。それなのにどうしてか、涙が止まりませんでした。宏治郎はハンカチを差し出し、私は笑いながら涙を拭きました。何度も何度もそれを繰り返しました。私はあの日、確かに一人の幸せな花嫁でした。

この結婚について、私は一度も後悔したことはありません。
宏治郎と私は、二人で作った家庭を維持するために、最善を尽くしました。
弓子さんの一件があった後も、それは変わりませんでした。我々は三者三様、それぞれの誓いに忠実であり続けたのです。和俊は元気で優しい男の子に育ち、麻紀は可愛い女の子に育ちました。

あなたたちが夏にやってくるたびに私は陰でひやひやしていたわけですが、今振り返ってみればあなたのお母さんが私たちの家庭の真実を疑ったことなど一度としてなかったと思います。完全に血のつながった家族でなかったにしろ、今となってはそれがなんだというのでしょう。

私たちは共に楽しい時間を過ごし、その時々に現れる難しい問題を一緒に乗り越えてきました。私は宏治郎のプロポーズを受け入れたときに自らの心に誓った「決して後戻りはしない」という覚悟を手放さず、それに伴う責任を、これまでの二十五年間、一日一日じっくりと少しずつ果たしていきました。そしてそれは意外なことに、扉の向こうで凝り固まっていた古い愛情の在庫をふやかし、柔らかくし、少しずつひっぱりだしていく作業に他なりませんでした。一度はあきらめたはずのその作業に、私は知らず知らずのうちに着手していたのです。それはとても長い時間がかかる作業でしたが、四半世紀かけて辛抱強く続ければ、できることでした。作り置きの愛情、若いころはやっかいなお荷物でしかなかったこの愛情は、ひっぱりだしてみればそれほど悪いものではありませんでした。それはあの扉の向こうで、少しも腐ったり干からびたりしていませんでした。それは産みたての卵のようにほかほかとして、頬ずりをすればその内側に新たな命を予感させるようなものでした。私が積み荷を降ろすべきところは、誰か一人のからっぽだけではなかったのです。私が作った家庭のなかには、いくらでもそのための場所があったのです。

そして今、私はすべての愛情を出し切ったと言えそうです。扉のなかにはもう何もありません。

からっぽです。ですから私は、ずっと昔の若いころに熱望したように、これから自分自身の手で新品の愛情を作り出していかなければいけません。私はもう四十五歳ですが、それは不可能なことではないと思います。健康と交通事故にさえ気をつけていれば、私にはまだかなりの時間が残されているはずなのです。愛に関することは何でも時間がかかります。大切なのは辛抱強さです。そして辛抱強さという点では、私はこれまでの経験からずいぶん多くを学んだと思うのです。

宏治郎については、心配していません。おそらくもうしばらくしたら、弓子さんと一緒になるのではないでしょうか？　私はそうすべきだと思います。弓子さんこそ辛抱強さの生きる見本です。もう昔のように気軽な世間話などもしなくなってしまいましたが、それでも私は彼女のことを尊敬していますし、幸せになってほしいと思っています。実はこの手紙を書き始めてから一時間ほど経ったところで、弓子さんがいつもの通り大福のタッパーを持ってきてくれました。麻紀のおやつのために、宏治郎が毎日そうやって弓子さんを使ってよこすのです。弓子さんは今日、首元に花柄のスカーフを巻いていました。私が二十一年前の誕生日にプレゼントした、あのスカーフです。弓子さんは今でも時々、それを首に巻いてくれます。若いころより今のほうが似合っているように思います。私はもう弓子さんの誕生日に何かをプレゼントしたりしませんし、また、彼女が大昔のスカーフをしているのを見ても何も言いませんが、心の内では嬉しく思っています。二十一年の時の流れのなかで、私たちは互いにゆっくりと遠ざかり、手を伸ばしても容易く触れられない関係になってしまいましたが、それでも私はなお、彼女と私のあいだに一つの秘密を共有しているような気持ちでいるのです。それは宏治郎のことでもなく、和俊のことでもなく、麻紀のことでもなく、私と弓子さんとのあいだに生じた一つのささやかな友情についての秘密だと思うのです。

和俊にはあなたがいますから心配はもちろん無用です。彼のことをよろしくお願いします。宏治郎の店をあなたと一緒に継いでくれれば理想的ではありますが――なぜなら、そういう世代交代を経て初めて私は自分の役割を果たしたと言えると思っていたので――正直、今の私はそうならなくたってかまわないと思います。私が父の店を継がなかったように、店のことは宏治郎の問題で、あなた方の問題ではないのですから。そして麻紀は最近、海外に行きたがっているようです。一人で知らない外国に行って、誰にも頼らず生活してみたいのだなどと言っています。結局その費用は宏治郎が出すことになるのでしょうから、誰にも頼らずなどとは言ってもまだまだ甘いお嬢さんですね。でもその気持ちはよくわかります。一時期は和俊に熱を上げて私たちをひやひやさせたものでしたが、それについて自分がとやかく言える立場にあるのかどうか、私は常に悩んでいました。見て見ぬふりを貫《つらぬ》こうとしたこともありましたが、それも今ではもう、本人たちの問題です。麻紀はあなたのいとこでもあり、義理の妹でもあるのですから、困っていそうなときにはいろいろと相談に乗ってやってください。ちょっと生意気なところはありますが、気持ちの優しい子です。私はもう母親として世話を焼いてやることはできませんが、折に触れて連絡はとっていきたいと思います。

そして私は……私はどこへ行きましょう？　自分でもよくわかりません。でも、今、私はとてもすっきりとして清々《すがすが》しく、どこへでも行けそうな気持ちです。出会いがしらの誰にでも話しかけたいような気分です。そしてそのようにして出会ったうちの誰か一人を、作り置きではない、できたての私自身の愛情で、時間をかけて愛してみたいと思うのです。

最後にもう一度言いましょう。

私はあなたをずっと待っていました。あなたはあの白い衣装でやってきて、終わりの鐘を、そして始まりの鐘を鳴らしてくれました。どうもありがとう。ずいぶん長くなってしまってごめんなさいね。こんなに長い文章を書いたのは初めてなので、さっきから右手がつりそうです。それにもう五時を過ぎてしまいました。夕食の準備を急いで始めなくてはいけません。あなたのほうは大丈夫ですか？　目や肩が疲れていたらちょっと横になって休んでください。和俊が帰ってきてご飯だのお風呂だの言うまでに、まだいくらか時間はあるでしょう？

何もせかせかすることはないのです。急がなくったって大丈夫です。決してあせってはいけません。覚えておいてくださいね、愛に関することは、なんでも時間がかかるのです。

青山七恵
一九八三年埼玉県生まれ。
二〇〇五年に「窓の灯」で文藝賞を受賞しデビュー。〇七年に「ひとり日和」で芥川賞受賞。〇九年に「かけら」で川端賞受賞。
著書に『魔法使いクラブ』『お別れの音』『わたしの彼氏』『あかりの湖畔』など。

＊この作品は、「GINGER L.」01号（2010 WINTER）〜04号（2011 AUTUMN）に連載したものに、加筆修正しました。

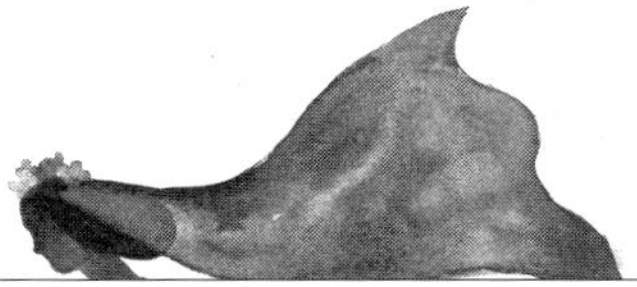

花　嫁

二〇一二年二月一〇日　第一刷発行

著者　青山七恵

発行者　見城徹

発行所　株式会社　幻冬舎
〒一五一-〇〇五一　東京都渋谷区千駄ヶ谷四-九-七
電話　編集〇三-五四一一-六二一一
営業〇三-五四一一-六二二二
振替　〇〇一二〇-八-七六七六四三

印刷・製本所　株式会社　光邦

ISBN978-4-344-02130-3 C0093
幻冬舎ホームページアドレス http://www.gentosha.co.jp/
この本に関するご意見・ご感想をメールでお寄せいただく場合は、
comment@gentosha.co.jpまで。